U0004189

一個人的每一天

Naoko Takagi's Hitorigurashi na Hibi

高木直子

洪俞君◎譯

前言

開始一個人住的緣由以何者居多呢？
大概還是首推赴遠地求學這項吧。
但也有人是因為踏入社會開始工作，
想於此機會離家自食其力；
也有因工作調動；
或因有想居住的街區；
或只是單純嚮往一個人住的生活等等各種其他理由。

而我由老家三重縣通車到名古屋上設計學校，
畢業後到名古屋的設計公司上班，
一直都是住在家裡，

但終究無法放棄到東京從事繪畫工作的夢想，
於是便辭職在24歲那年春天盲目地上東京!!
這就是我開始一個人住的緣起。

時間過得很快，
今年已經進入第12個年頭……。
這期間有許許多多的快樂也曾多次因寂寞而哭泣，
一個人住的日子中的感觸、遭遇，
在本書中如實道出，
儘管我的生活平實無華又有些令人憂心，
還是希望能得到您的共鳴。

高木直子

目次

Contents

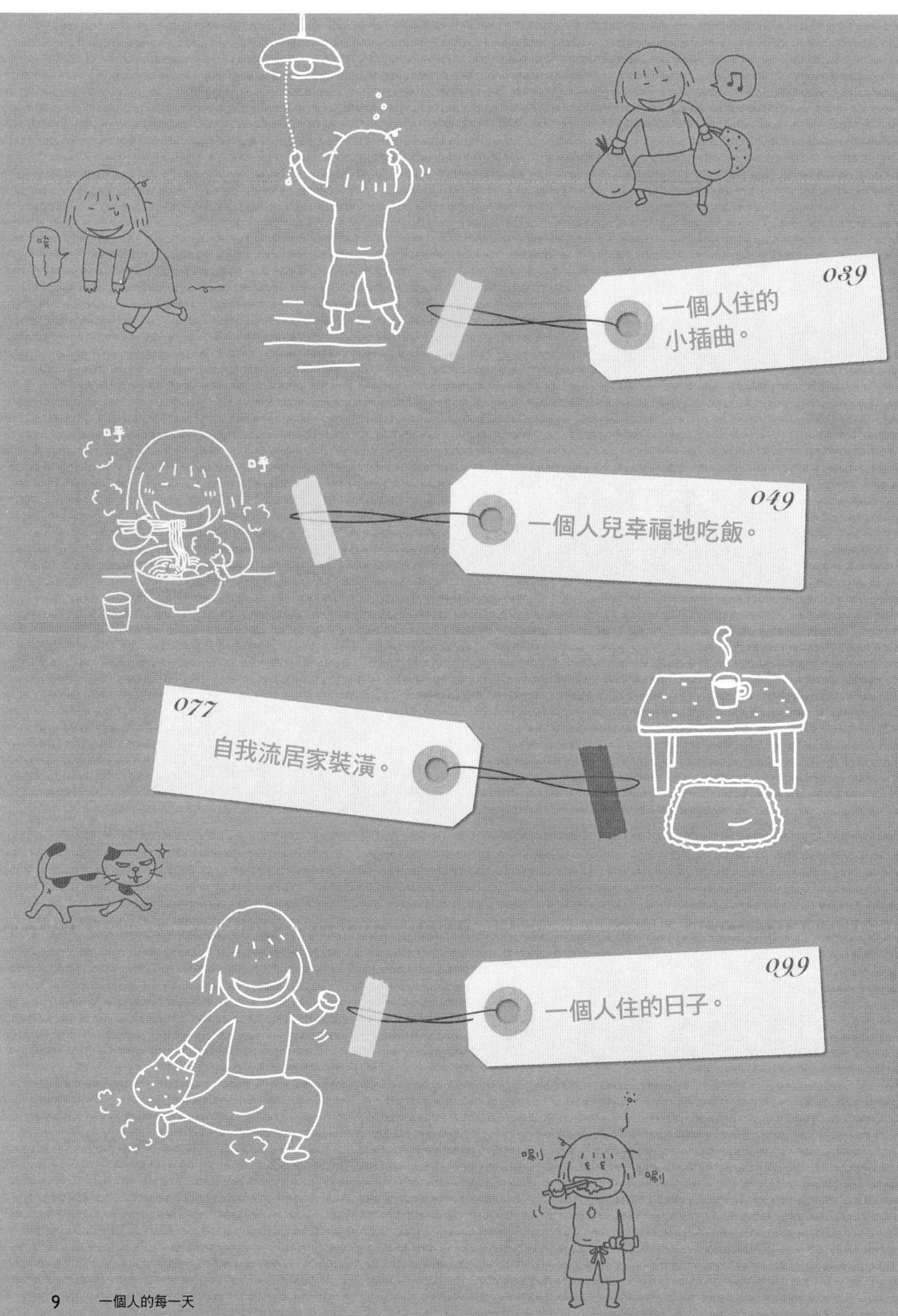

Contents

三不五時找房子。

一個人住東京之前，
先去找了一次房子。
哎喲，
人好多喔～
ALTA
人聲
吵雜
啊哈哈
當時完全不了解東京的地理情況，
也沒甚麼錢，可是卻…
好想住在
中野或荻窪
一帶!!
印象中從事繪畫的人似乎會住這一帶
有這樣的願望…
未經思考如實地告訴仲介公司…
中野～荻窪
一帶採光好，
房租在5萬圓
以下～
離車站近一點
在2樓以上的
新宿的房屋仲介公司
以那樣的房租
在那一帶
是絕對不可能
找到合妳意的
房子!!
絕對!!
被如此告知…
甚麼？
郊外一點的地方會有
條件不錯又便宜的房子，
我建議還是選郊外比較好
嗯～
是這裡嗎…
於是在房屋仲介公司的建議下，
租下偏郊外的公寓…
看房子
旁邊是菜園
儘管不是很滿意，
但也在那裡住了5年半。
房子雖小，
住起來
還算舒適♥

之後，和姊姊一起住了2年…
大我一歲的姊姊
來，乾杯～
嘿嘿嘿
兩姊妹悠哉的生活
找一個人住的房子的機會再度來臨
AGAIN
一個人住!!
這回，我對東京的地理情況已經頗了解，工作也趨於穩定，經濟也寬裕些…
這回想換住漂亮一點的地區!!
也想住漂亮一點的房子!!
嘩啦
嘩啦
租賃NEWS
公寓大樓租賃資訊
住屋雜誌
於是決定把目標放在距都心交通便捷的熱門鐵路沿線上的房子。
轟隆…
轟隆…
車站
BAR
從東京中心區約10分
房屋仲介
CAFE
但沒想到房租比想像的還貴…
才這麼大，房租就那麼貴啊!?
這附近的行情差不多就是這樣
新建
可養寵物
看了幾間房子全都差強人意
房租便宜一點的房子果然條件欠佳
這裡便宜又划算喔～
昏暗～
破舊…
吱嘎…

而且街上整體的感覺也讓我覺得格格不入…
這地區雖然乾淨漂亮不喧囂…
antique shop
hair studio
可是好像少了一種生活氣息…
於是放棄在那沿線找房子。
不行，這條鐵路線不適合我!!
之後又退而到郊區一點的地方找房子…
這裡很不錯喔～
哇～又大採光又好!!
還是郊外的房子又便宜又好～♡
房屋
那我就等您的消息
我回去考慮看看
可是這一帶也讓我有格格不入的感覺…
看來是很適合居住，可是…
好像比較適合一家人而不是一個人…
媽
家長會
加上有一次晚上到這一看…
哇～到了晚上怎麼黑漆漆的!!
靜悄悄～
我不敢從車站走回家!!

我因此領會到找房子的時候，還是得實際到那附近走走看看才行。
這一帶沒看到超市耶…
買東西要上哪裡呢？
轟轟～
有大馬路經過，教人好不自在…
咳…
一到晚上就變了個樣!!
請進～
甚麼!?
PUB
夜晚的地理勘查也很重要!!
此外，去當地的房屋仲介公司可以獲得較地方性的資訊…
這裡的房東人很好喔～
附近也有好吃的拉麵店
真的？
坂江家園
松井大廈
吉田公寓
而去東京都心那種房源地域廣泛的房屋仲介公司…
這條鐵路的這一帶
或者是這條鐵路的這附近
房租差不多
大小是～
山手
中央
京王
小田急
JR
這條件的話，這條鐵路周邊也有很不錯的房子。
這個怎麼樣啊…
嘩啦…
甚麼!?
小田急線
東橫線
藍天家園
由加利大廈
有時他們會介紹一些你想不到的地區的房子，在還沒決定要住在那一帶時，其實也很方便。
先在有興趣的車站下車，到處走走看看吧…
幾番波折之下…
車站

啊…這一帶
有點雜亂
但又不惹人厭…
而且我也喜歡
那種閒適的
感覺…
似乎終於找到合意的地區。
商店街
西點
有大超市…
24小時
超市
今日肉類大特價
促銷商品
來～看看喔
水果
魚
也有很多
小商店…
也有許多
好像很好吃
的店…♡
鯛魚燒
PIZZA
拉麵
鐵鍋飯
可以想像
自己在這裡生活
的情景耶
饅頭
日式點心
蔬果店
艾蒿糰子
便當
超市
超市
而且在這一區
看的房子…
這就是這裡

也很合我意…
這是剛裝潢過的，很漂亮喔。
哇～流理台也是全新的!!
當場立刻下了決定!!
我決定租這裡了!!
辛苦尋覓總算有了回報，這房子住起來舒適，無可挑剔…
無所事事
現在也住在這裡…
對目前的生活雖然滿意，不過…
超市
今日集點大相送
SALE
98圓
只要1分鐘走到超市～
啦啦
下次如果要搬家，還是希望附近能有個大公園
不過既然住在東京，還是想能有機會去住住那種大都會街區
住在河附近呆呆地望著河邊風景也不錯
還是會三不五時地想下次要住甚麼樣的地方

一個人住的歡欣雜記

PART 1

找房子篇

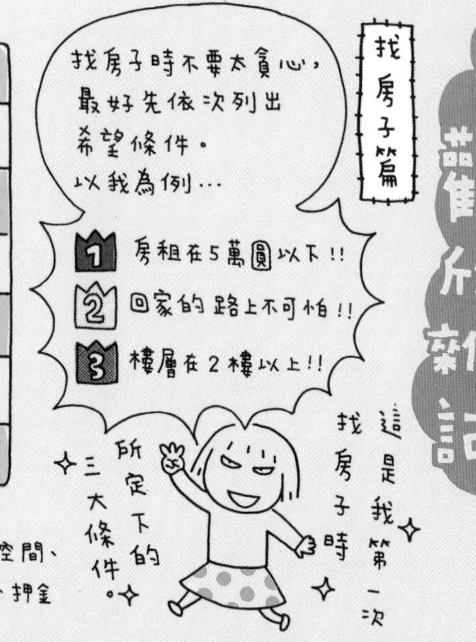

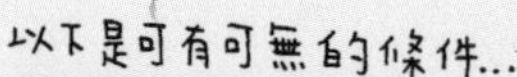

4	附近有超市
5	距車站步行10分鐘以內
6	採光好
7	浴室、洗手間分開
8	附空調
9	附瓦斯爐（2口）
10	收納機能豐富

（其他）
有陽台、室內有放洗衣機的專用空間、屋齡淺、木質地板、可養寵物、押金禮金低廉等。

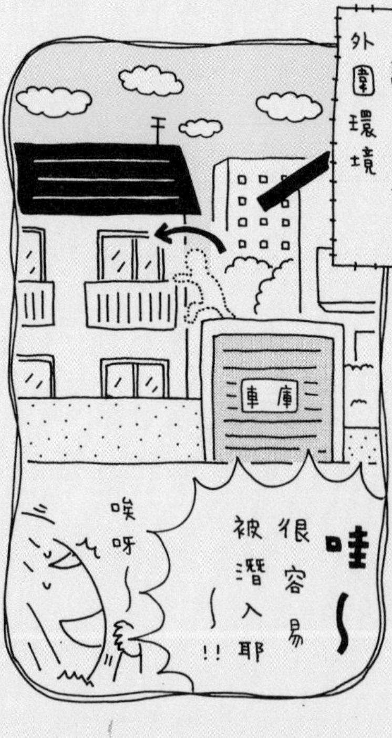

房子看過幾處之後，會混淆不清，可以拍下照片避免這類困擾。

這裡的廚房看起來挺方便的♡

喀嚓

決定房子之前也請不忘勘查外圍環境

車庫

唉呀

哇～ 很容易被潛入耶!!

入住之前拍照留存，搬家時有時也可以派上用場。

牆壁上有一些污漬喔

這是搬進來以前就有的

現場會同查看

有照片為證

搬家篇
最近在網路上也可以輕易完成搬家估價。
先輸入東西大約的量、預訂搬家日期、聯絡電話等♡
有估價表之類的表格
冰箱
TV
床
有很多搬家公司打電話過來。
A公司
我們公司只收4萬圓!!
B公司
我們只收3萬圓!!
C公司
目前最便宜的那一家報多少錢?
唉呀呀…
反而是他們問我行情
結果找了最便宜的那一家公司,不料當天…
您好,我是搬家公司的。
來了一個年紀和我父親相仿的作業員
看他搬得很辛苦,我既不安又過意不去…
喘…
喘…
mac
嗚嗚…對不起…
啊啊…我的電腦…
心想下次就算貴一點也得找2個以上的作業員。
番外篇
在搬家公司打工時所見的情景…
困擾篇
箱子裡東西裝太多。
嗚~
重的東西請分開裝
很傷作業員的腰
重得像石頭
搬家當天還沒打包完畢。
亂七八糟
對不起對不起
目瞪口呆
感動篇
離開居住多年的房子,大家不勝感慨的樣子。
老伴,我們在這可經歷不少事啊…
終究要別離了…
嗚嗚…
共灑感動之淚
PART2待續

這裡是我住的
公寓。

一個人的每一天。
回憶寫真館
～最初住的小套房～

這幢公寓
外觀較新穎，
教我好羨慕…

我的小窩!!

偏郊外的住宅區…

旁邊有一片菜園很是恬靜。

我家的
IT區(?)

有了電腦以後
屋子變得更窄…

在冰箱和微波爐間
放了一個自己做的調味料瓶架。

雌的
雄的

養了一陣子的
鬥魚。

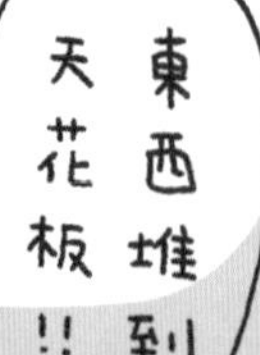

東西堆到
天花板!!

要是發生地震，
一定很慘

Naoko Takagi's
Hitoriigurashi na Hibi

一個人住的契約書。

租房子時必須簽契約書……
租賃契約書
○○○○○ △室
貸方 某某房屋仲介公司
借方 高木直子小姐
契約期間
○○○○年○月○日～
○○○○年○月○日
由於我只一心想從事繪畫方面的工作，也沒個著落就貿然上東京……
甚麼!? 還沒找到工作!?
也不是學生!?
租房子時首先就遇到了大難題。
嗯…我想先搬完家再來找打工的機會……
將來還是想以繪畫為業的
呵呵
支支吾吾…
嘴上那麼說，可是到最後付不出房租的人多的是～
呼～
妳說要以繪畫為業，可是暫時還是只能靠打工度日，對吧？
房東可不喜歡那種飛特族的房客。
做房東的當然也想把房子租給正式職員，妳說對吧!?
如果妳還是個學生，就算沒工作也OK～
那時，由於有一所我一直想去上課的繪畫學校……
一年招生2次，分春季班 秋季班 (2年制)
有素描、插畫等課程
一週上課3天，學費較低廉♥

啊…秋天我就要去一所學校報名上課!!
是真的
此時還是3月
在那之前雖然還是靠打工度日，但拜託您就讓我以學生的身分租房子吧!!
那我就跟房東說說看，說妳秋天就要去學校上課。
嗯～…
啊～
如此哭著央求，最後終於得到房東的首肯。
然而，還有保證人的問題…
請妳去找家人或其他有正式職員身分的人幫妳在保證人欄上簽名蓋章。
這裡和這裡2個地方
想想能當我保證人的只有爸爸，但當時爸媽都不是很同意我來東京。
一個人在東京生活很辛苦的耶～
妳那種吃不了苦的啦
要畫畫在這裡也可以畫啊～
母
父
我也因此難以啟口提出這項請求，但還是厚著臉皮拜託…
嗯…這個…我在東京找到房子了，可不可以幫我在保證人欄上簽個名蓋個章？
呵呵…
回家一趟
沒想到父親二話不說就答應當我的保證人。
真拿妳沒辦法
雖然有說這句話
對不起～

如此終於順利租到房子，開始一個人住…
我家
賀♥上東京!!
嗚嗚…以後就要一個人在這小窩吃飯生活…
作為一個獨立自主的女性堅強地活下去!!
雖然這麼想，但別說繪畫方面的工作，就連打工也沒著落…
很抱歉，我們這次無法錄用妳…
啊～
經常在面試一關被刷下來
打工兼差僱人專刊
加上一個人住的開銷超過預算…
嗚嗚…電費3000圓…
加上瓦斯費、水費、電話費、房租和伙食費…
繳費通知單
住在家裡時存的一點積蓄也越來越少…
糟…糟糕！這樣下去，下個月的房租搞不好付不出來…
西瓜銀行
到最後付不出房租的人多得是～
哎喲～
哆嗦
哆嗦
生活頓時陷入困境…

家裡擔心我這女兒，經常打電話過來…
怎麼樣，在東京過得還好吧？
有沒有好好吃飯啊？
嗯…嗯…
老…老實說，這個月的生活費可能有點不夠…
房租…
有時也請家裡經濟支援。
實際生活是這般慘狀，所以到秋天根本無法去學校上課，但…
打工打工!!
砰
啪達
啪達
幸好房屋仲介公司對這件事並沒有深究，令我放心不少。
提心
吊膽
心想要是他們叫我把「入學證明書」拿過去，那可怎麼辦!?
可是有一天家裡打來這樣一通電話!!
公所打電話來說妳的國民年金沒辦法從銀行扣繳…
甚麼!?
上東京前，我放了一點錢到銀行帳戶裡，以便暫時繳納國民年金…
這樣應該夠付幾個月了!!
等在東京的生活穩定下來，再把錢存進去。
呵呵呵
MIE BANK
戶口沒有遷離，所以國民年金一直是在老家那裡繳。

看來，銀行裡已經沒錢了。
嗚嗚…可是我現在也沒多餘的錢繳國民年金…
不好意思，你們就別管那繳費通知單了…
甚麼!?
直子也真是的…
ATM
最後是媽媽看不過去，幫我繳了款…
嘰
呼
說甚麼要一個人住，過獨立自主的生活…
結果現在還不是讓父母操心，還增添他們的麻煩…
……
咚
咚
拉麵
嗚嗚…爸媽…
請原諒我這個笨女兒…
呼嚕…
呼嚕…
打工
那時爸爸還有4年就正式退休…
56歲
非常認真工作
從18歲就開始工作，已逾38年…

在爸爸退休之前，我一定要闖出點名堂不再讓你們擔心…
喀嚓
喀嚓
我會加倍回報你們的…
請再給我一點時間…
讓我任性地過日…
泣…
每天想著這些日復一日…
但之後生活依然捉襟見肘，毫無進展…
打工!!
肚子好餓喔!!
去自我推銷畫作!!
終於在爸爸退休那年、我上東京快滿5年時，出了第一本圖文書…
150cm Life。
高木直子
在人擠人的電車裡，我快要溺斃了。
Media Factory出版

之後，工作機會也逐漸增加，
生活也得以穩定下來…
喔喔～
出版社匯款進來了
BANK
上東京6年以後終於得以償還
媽媽為我代墊的國民年金。
這些錢還給您。
叩頭叩頭
也漸漸有些餘裕
可以孝敬父母…
偶爾來給家裡寄一點東京的名產吧
東京芭娜娜、仙貝
仙貝
東京
父母也似乎終於放心了。
直子去東京是對的。
還出書，真是了不起啊。
滿心
喜悅
一個人住東京，
也有了穩定的工作…
這應該算已經自我獨立了吧!!
嗚喔喔～
然而…
甚麼!?
自由插畫家!?
房屋租賃契約書

但我從事的是
很難得到社會認同的自由業…
可是這也就是說
妳不屬於
任何一家公司囉？
傷腦筋耶～
工作單位那一欄
空白很麻煩耶～
打字
妳得適當
填上才行～
可是我還會
繼續出書甚麼的
像這種…
書
150cm Life
嗯～那妳就寫那家
出版社的名字吧～
這裡的房東很嚴的
此外，
還是必須要有保證人…
噫!?
妳父親
已經退休了!?
房屋租賃契約書
○○○○○室
那就不能
當保證人了
沒有在上班
就表示現在
沒有工作
打字～
爸爸是
無業遊民!!
請妳去找一位
是正式職員的人
當保證人
唉呀～
沒錯…爸爸已經不能
繼續當我的保證人…
結果是請弟弟幫忙…
嗯…這個…
不好意思，
你可不可以
當我的保證人？
我不會給你
帶來困擾的…
甚麼!?
弟

話又說回來，這種時候要是沒有家人當我的保證人，那一定很慘⋯
嗯⋯非常抱歉，可不可以請您在保證人那欄簽個名⋯
鞠躬
作揖
甚麼!?
只好去找朋友或親戚⋯
雖然有些房子並不需要保證人⋯
這時真慶幸有個弟弟。
弟弟對不起喔⋯
請他簽名蓋章
房屋租賃契約書
房子租好了，也就沒甚麼好憂心的，每天過得悠悠哉哉⋯
自由舒暢我的小窩～
POTATO
MILK
R R R
啊，電話！
雖說已經自立門戶了，但我畢竟不是一個人在過活⋯
啊，媽嗯，很好啊～
跟平常一樣啊～
現在的我依舊是在家人和周遭朋友的扶持下，才得以安心度日。

從門到床
只有3步路。

久居為安

開始一個人住的那個小套房，由於先前的房客一直住到我搬進去之前，因此我在搬家當天才看到屋裡的模樣。

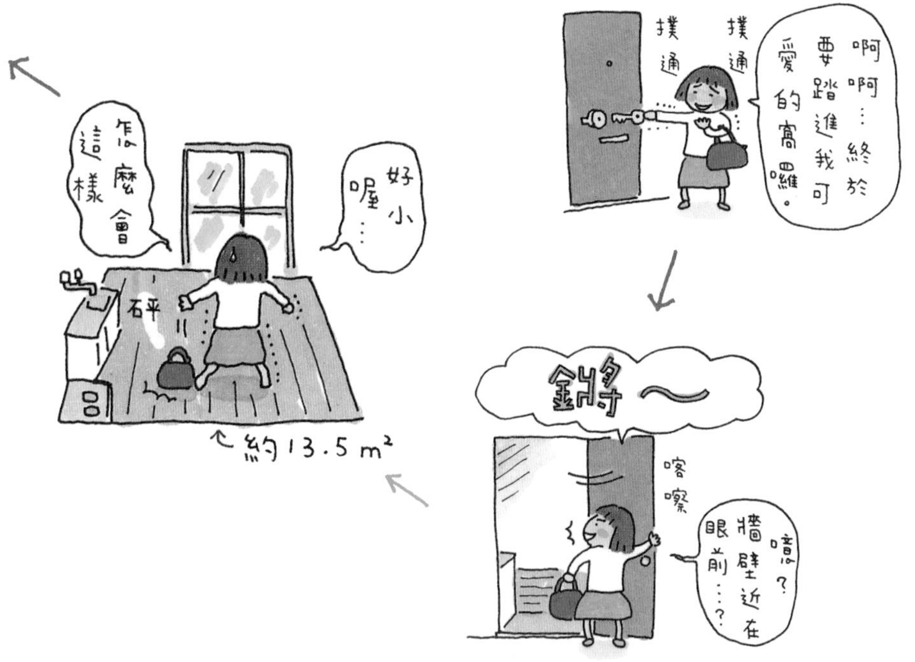

搬家公司的人
可以把東西搬進去了吧
這麼小的地方真的可以住人嗎!?
哇哇哇~
這樣根本沒辦法放甚麼家具嘛!!
餐桌餐椅
沙發
還有這個
等等…
啊嗚…
不過住了以後才發現其實滿舒服的。
從門到床只有三步路
暖氣一開，屋裡很快就暖和了
我的固定位置
從床上一伸手就可以拿到大部分的東西
打掃起來也很輕鬆♪
晚上起來上洗手間也很近
躺著看電視
真的是久居為安。

剛開始都會想家

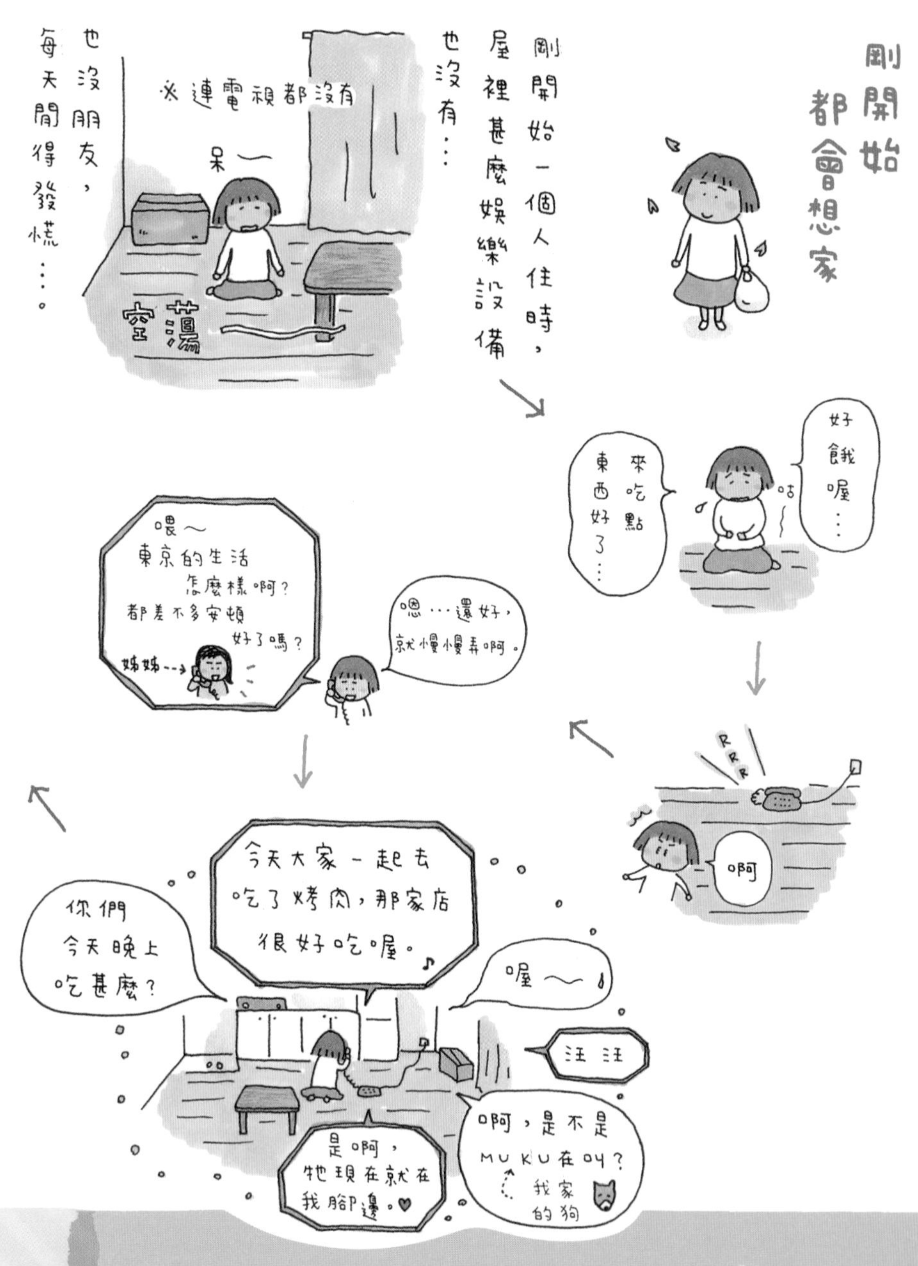

剛開始一個人住時，
屋裡甚麼娛樂設備
也沒有⋯
※連電視都沒有
呆—
空蕩
也沒朋友，
每天閒得發慌⋯。
好餓喔⋯
來吃點東西好了⋯
咕
啊
喂～東京的生活怎麼樣啊？都差不多安頓好了嗎？
姊姊
嗯⋯還好，就慢慢弄啊。
今天大家一起去吃了烤肉，那家店很好吃喔。
你們今天晚上吃甚麼？
喔～
汪 汪
啊，是不是MUKU在叫？
我家的狗
是啊，牠現在就在我腳邊。

電話費很貴，我就不多說了
妳好好照顧自己
汪
嗯……
再見…
喀嚓
……
沮喪
在這還不習慣一個人住的夜晚…
一個人的晚餐吃起來也有些難過…。
哼～好羨慕他們可以去吃烤肉…也好想念MUKU喔…
呼嚕嚕～
泣…
半年後…
呵呵…呵
咯咯吱吱
完全習慣了

似近若遠的節約之道
啦啦
開始一個人住以後，教我驚訝的一件事是
哇～上個月空調開太兇了⋯
打擊—
收費明細表
電費就多得嚇人～!!
電費真的很貴。
記得爸媽常說...
打電話的時候不要講太久
嘮嘮叨叨嘮叨
父
母
妳剛才樓梯的電燈沒關喔!
嘿嘿
不理不睬
現在終於了解那種心情
唉⋯
瓦斯費、水費、電話費也都很貴...
於是下決心厲行環保節省開銷。
哼!!
LOVE EARTH
儘管天氣炎熱也儘量忍耐不開冷氣⋯。
裝有冰塊的袋子
悶熱
啪啪
好熱喔⋯啊⋯

勤於拔插頭
拔
和老家那裡的朋友聊天，不用電話用FAX。
密密麻麻
※那時還沒買電腦⋯
嗶〜
嘰嘰嘰
瓦斯不隨便開大火
中火!!
關緊水龍頭
緊〜
等等⋯⋯。
儘管從許多小地方著手努力，卻敗在經常沒關燈沒關電視就睡著了⋯⋯。
「害怕一個人的寂寥黑夜」的我，結果還是很難成為節約一族⋯⋯。
嚷嚷
吵吵
吵嚷
呼〜
吵一點比較容易入睡⋯
1000
1000
啪啪⋯

會不經意想起故鄉
那一望無際的天空…
一個人的每一天。
回憶寫真館
~有點想家~
妳回來了!?
汪汪汪!!
沙沙…
經常會出來迎接我
的狗兒們♡
妳回來了
直子
嘻?
是誰呀…?
家鄉那裡
的名產，
涼麵條!!
東京很難買到
的速食食品!!
名古屋名物
みそ煮込
Sugakiya
媽媽為我做的飯菜
那熟悉的味道教人感動。
回家省親時
經常帶回東
京的家鄉味…
梅干、海苔、綠茶、
海帶、柴魚花等等…

一個人住的小插曲。

我可愛的小窩

剛開始一個人住時是住小套房，又窄又小。

洗衣機
陽台
流理台
13.5m²
玄關
衛浴
收納
房租5萬圓

小得從門口就可以將屋內一覽無遺…。

而且亂七八糟

給你送東西來了

想到的解決之道是在門口裝個布簾…

長簾

唉呀 老是提那個害人家也想吃拿波里義大利麵了♡
兩個人到底在說甚麼呀
臉紅～
結果自己也受那段對話影響⋯
唉呀 害我也想吃拿波里義大利麵了～♡
滋滋
滋滋
嘿嘿⋯
在這麼小的屋裡也是可以每天吃飯、睡覺、哭泣、發笑⋯
哈哈哈
啊～一個人其實只要有這麼大的空間就足夠生活了～
一方面覺得滿足⋯
POTATO
STORE
可是，為什麼這麼小的房子月租就要五萬！
哼
哼
一方面卻也有點氣憤⋯
不過總之還是滿快活的。
這就是我的每一天。

忐忑不安門鈴響

我很怕…
聽到門鈴響音。
叮~咚~
撲通

以前曾有幾次糊裡糊塗開了門…
要不要訂牛奶啊?
養顏美容喔
這位美女
不…我不需要…
被推銷員糾纏不休…

不開門用對講機…
為了您光明的未來,請您認購一條手帕吧。
甚麼!?
也碰到奇怪的人…

因此,最近門鈴一響音
是先躡手躡腳
從門眼瞧瞧來人是誰?
躡手躡腳

悄悄地查看
偷偷地
是誰呀?

!!

那個穿戴整齊的歐吉桑…
拿好幾個氣球
站在那裡呢…
幹嘛
撲通 撲通
撲通 撲通
撲通 撲通
我整個人僵在門前…
……
撲通 撲通
直到那位歐吉桑離開。
換成宅配，我當然是立刻應門囉，可是…
叮～咚～
宅配送東西來了
在睡覺
啊

嚮往的都會生活

在東京開始一個人住時……

吵雜

人聲

哈哈哈

對自己能生活在大都會裡感到歡欣雀躍♡

哇喔～人好多喔

東張西望

不愧是大都會東京!!

服裝店和餐廳也多得不得了耶

TOKYO

cafe

啊，那棟大樓我在雜誌上看過耶!!

西望

東張

而我為什麼從剛才一直東張西望呢？

會不會遇到甚麼明星啊？

我也有點期待這種無聊事

西望

東張

東京的電車路線非常多……

JR山手線

地下鐵銀座線

都營淺草線

班次也很多很方便

and more…

路線圖

然而換車卻很複雜

嗯…現在在這裡…

所以要這樣去，在這裡換車…

先搭丸之內線，再換半藏門線就可以了吧。
大概…
小田急線
JR線
都營
←500m
哎喲，東京的電車真教人搞不清!!
碎碎念
更慘的是已經在車站內…
哇～沒看到丸之內線!!
西武線
迷路了…。
這裡是哪裡？
不過離開都心回到住的地方…
我家
位在郊區

就是普通的生活，一點也不是甚麼大都會…
啪
啪
反倒比在家鄉的時候過得更簡樸…
開動了
白飯、味噌湯、
納豆、煎蛋、小黃瓜
不論住在哪裡…
呼～
我依然是我

小心為上策

搬到現在的住處時…
嘿咻
嘿咻
請某家業者來檢查房子…

工作完要回去時…
謝謝
妳一個人住嗎？東西還真夠妳整理的。
哈哈…

啊，我可以借用一下洗手間嗎？
噫？
嗯，好的，請用。

可是洗手間借人家以後…
嘩啦～
咕嚕嚕…
嘩啦
怎…怎麼那麼久…
我卻不由得坐立不安…

儘管覺得不該懷疑人家…
沒被裝什麼東西吧!?
四下
張望。
譬如照相機之類的…
我還是在人回去之後，把洗手間檢查了一遍。

雖然沒有任何異狀…
我就是不喜歡把洗手間借給陌生男子用嘛…
碎碎念
碎碎念
碎碎念
拆箱
之後約經過2年…

可是這件事又讓我有點沮喪…
連洗手間也不願借人家用，我是不是太過分了…
搞不好他真的很急…
把這件事告訴女性友人…
結果大家的看法一致!!
絕對不能借!!
是那個人太沒常識了!
很危險耶!!
沒借是對的!!
我也絕對不借!!
我可不想被看見屋裡的樣子
是啊是啊啊
一個女人家自己住
還是處處小心為上策。
搞不好有人在看!!
啊!!

我想那種老令人擔憂的人到了東京，房屋仲介公司其實也滿傷腦筋的。
我想將來以繪畫為業
呆
看樣子東京又來了一個笨傢伙…
嗯
閃
我上東京是為了做音樂!!
閃
我想在東京找尋自己的夢想!!
這種人似乎春季比較多…
到了東京以後，好一陣子我都很怕靠近四谷站…
四谷
哎呀～
哆嗦
哆嗦
「四谷怪談」的背景地耶!!
腫眼女鬼
地下鐵有時也會行駛於地面，現在這車站給人的印象其實滿清亮的。
剛上東京時，生活捉襟見肘，同一張CD聽了又聽…
很少買得起新的CD
現在一聽那張CD…
當時屋裡的景象便會隨即浮現。
啊好懷念那個屋子喔!!
現在還是經常迷路
哎呀～車站的南出口在哪裡?
上東京已經超過10年…

Naoko Takagi's
Hitoriguashi na Hibi

一個人兒幸福地吃飯。

一個人住，
吃飯的時候弄得很可愛漂亮，
很教人嚮往，
不是嗎？
剛開始一個人住時，
我也有這種憧憬…
買那種
可以盛各種東西
的大盤子…
呵呵呵…
放上
貝果麵包、
火腿蛋…♡
然而現實生活捉襟見肘，
伙食費也經常不寬裕…
麵包就買
半條土司!!
包裝米區
混合米
新米
嘿咻
笹錦
越光米
米也買
最便宜的
就好了!!
嗚喔～
泡麵
5包168圓!!
得救了～!!
促銷商品
經濟包
super bread
吃飯考慮的重點
是便宜又可以飽腹!!
一大盤炒飯
滿～
把冰箱裡的麵料
通通丟進去的
烏龍麵
滿～
滿～～
一大盤炒麵

飲食生活
也與美麗可愛相距甚遠⋯
哎呀～
有點做太多了，
可是有東西吃的時候，
還是先吃了再說～
今天我們邀請女星○○○告訴我們她來維持美妙的身材的秘訣
變美綜藝王
啪啪
噫？
平常我雖然
以外食居多，
呵呵呵⋯
不過呢，不會全部吃完，
一定會剩下一半!!
aiwa
每回看到這種減肥節目，
總會不由得生氣起來。
原來如此，
這樣就不會吃太多了，對吧!?
甜點也是只吃一半
呵呵呵⋯
在外面吃飯
還故意剩下，
真是暴殄天物!!
咕嚕嚕～
給我好了!!
一個人住的飲食生活中，
還有一件令人嚮往的事⋯
那就是為到家裡作客的男友
下廚做飯，您說對不!?
我做了燉牛肉喔～
好吃!!
手藝不錯嘛
其實我以前也有男朋友，
他也到過家裡來。
不好意思，
家裡很小⋯
打擾了
打工時認識的
哇喔～

真的要做飯時…
糟…糟糕…冰箱裡沒甚好東西可用…
喔～就是妳住這的地方啊～
突然來的
看來用這些材料只能做…
左思右想…
嗯～
嗯～
嗯～
吃甚麼都可以
結果是把所有材料都丟進去做成什錦燒。
不好意思，可能不好吃喔～
喔～!!
沒有什錦燒的醬汁，因此把普通的醬汁和番茄醬混在一起…
雖然他吃得很高興…
嗯，好吃啊!!
美乃滋
之後還是稍加反省…
應該做義大利麵或蛋包飯那種印象比較可愛的東西…
或是馬鈴薯燉肉…
嘟嚷著
嘟嚷著
嘟嚷著
BOOKS
所以這種書才會暢銷
喔～
嗯～
想親手♡♡為他做飯

幸福快樂的日子持續些時日…
買點零食吧
這個很好吃喔!!
巧克力紅豆麵包
一起上超市感覺就像新婚夫妻♡
嘿嘿嘿
超市
但我基本上是懷著夢想下一大決心才來到東京…
我是要以繪畫為業才上東京的!!
喔喔~~
得趕快闖出點名堂才行!!
年紀比我輕的他，是個學生也還住在家裡…
我還想繼續當學生
哈哈哈
畢業以後，也想再找個學校繼續窩…
重考2年，唸大3
喜歡攝影
兩人之間因此逐漸產生隔閡…
要以繪畫為業，那就應該更積極去推銷自己才是啊。
換成是我，我一定會那麼做
生氣~
惡言
還沒出社會的你沒資格那樣說我!!
事情可沒那麼簡單
結果是被甩了。
丟
哇~~
心情跌入谷底的我…
嗚嗚…東京的男人…
好差喔好差喔

傷心的我有個小小的奢望…
那就是…
一個人吃掉一個大蛋糕
特吃
大吃
想實現這個夢想當作失戀紀念…
cake
歡迎光臨
生日蛋糕
3500圓
3800圓
4000圓
泣…泣
好貴喔!!
最後買的是超市裡的蛋糕捲
超市
就算了…吃這個
泣
安協
瑞士
一個人住才可以這樣魯莽地暴飲暴食…
嗚喔喔~
大口咬
大口咬
不必在意家人的眼光，埋頭痛吃…
嗚嗚…吃一整條果然太撐了…
MILK
胃很不舒服
我也終於重新站了起來。
哼
雖然還是有點自暴自棄

那時為了省錢，
都自己帶飯去打工的地方…
但經常被批評吃得太簡單了。
中午就只吃
泡麵和飯糰喔!?
Noodle
這樣吃到的
盡是澱粉類的
東西
嗯…
嗯…
呼嚕…
應該多吃
蔬菜和
其他的呀!
話是這麼說，可是…
冷凍白飯
空～
我家的冰箱裡
幾乎沒東西
有一天我做了放很多蔬菜的飯盒
鏘～
炒
青江菜
菜就只有
青江菜喔!?

啊，對了！冰箱裡還有另一個菜!!
茶水間
泡麵的殘汁請倒進三角槽
哈哈
我帶來的菜是這個♡
醋褐藻
3個100圓，其中的1個…
褐…褐藻…
嗯…
一臉錯愕…
怎麼可以把褐藻當作飯盒的菜呢
吸…
是…是嗎…
一起打工的幾個朋友裡，有一個是住家裡，飯盒都是媽媽幫她做的。
哇喔…妳媽媽每天都幫妳做這麼豐盛的飯盒喔!?
我爸爸也要帶飯，所以我就順便
很多菜…
呵呵呵…
盯
好羨慕喔～
啊
好想當這家的小孩喔

一個人住以後才發現
最想念的是…
吃飯囉～
假想圖
熱騰騰的家中美味…
一個人孤軍奮鬥努力嘗試…
我記得茶碗蒸
好像是
這樣做的…
沒有茶碗蒸的碗，
那就用馬克杯好了…
材料是蔥和竹輪
高湯粉
一般的鍋子裡
放些熱水
應該就可以代替
蒸鍋了吧!?
不知道
能不能成功…
喔，
做得不錯嘛!!
太棒了!!♡
像這樣有種種憧憬，
也遭遇各種現實問題…
但每天對吃飯依舊充滿遐想
哇喔
秋刀魚一條
68圓!!
限時大搶購
68圓
今天晚餐
就吃這個!!
這就是我的一個人兒吃飯。

一個人的每一天。
回憶寫真館
～吃飯日記 PART1～

咕

鏘——

自己做夏威夷美食
—米堡!!

一個人獨享!!

夏天經常做
苦瓜素麵

THE 日式早餐

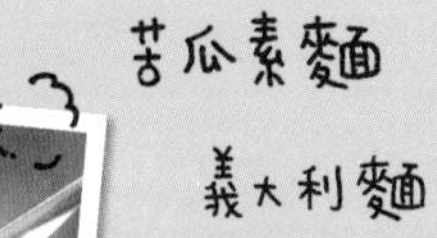

義大利麵
一不小心就
做太多

蛋包飯為什麼
會讓人想在上面
寫名字呢……

絲毫不想做飯的日子，
就著鍋子吃泡麵
(勉強加個沙拉)

基本上還考慮到
美容養顏，加了一個沙拉

有時會想吃
這種炒麵

用鬆餅粉做的
西式什錦燒

我喜歡超市賣的
這種麵包

經常做的海底雞捲

感冒時吃的
熱菜粥

咳
咳

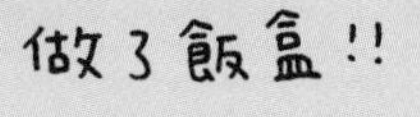

做了飯盒!!

又做
太多了

一做咖哩
就得連吃3餐...

想吃東西時，吃想吃的東西

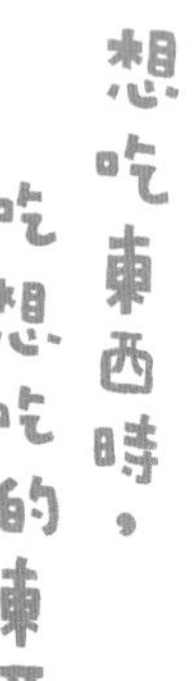

結果是忍耐不住跑到附近的便利商店去買。

不料炒麵麵包賣完了。
麵包、三明治
啊
打擊
打擊
打擊
肉包
?
歡迎光臨
氣死我了!!那我就自己做!!
吼
買回家的是早餐包和速食炒麵
五個裝
醬油味
24 store
做成…
早餐包夾速食炒麵
(所需時間約5分鐘)
哇喔~炒麵麵包~♥
想吃東西的時候還是應該吃想吃的東西!!
…可是軟軟的泡麵和早餐包的口感完全不搭調
好…
好難吃…!!
結果是徹底失敗…。

我的節約烹飪術
剛開始一個人住時，收入不穩定…
天啊～存摺裡只剩下一點點錢而已!!
生活經常捉襟見肘的我…
存摺
能省的還是只有伙食費…
嗯～有沒有甚麼便宜的東西呀？
超市
特價
SALE
特價商品在哪裡呢…
喔!?
東張
西望
咕
麵包
哇～這麼大一顆高麗菜…
早上採收的高麗菜
促銷商品
58圓
只要58圓!!
飲食以蔬菜居多。
暫時要靠這顆高麗菜度日囉
今天是高麗菜炒蛋…
明天是加很多高麗菜的炒飯…
加吻仔魚的日式高麗菜義大利麵也不錯♡
呵呵呵…
不過有時也會很想吃肉…
啊啊!!有時真想痛痛快快地吃一大塊肉!!
滋～
咕嚕～
我想出來的烹飪招數是這個!!
嘿咻 嘿咻
先把麵粉團揉成肉一般的硬度…
麵粉

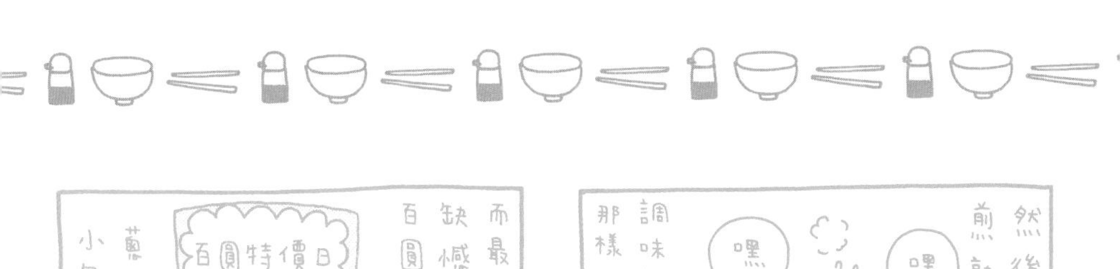

而最能彌補我這項
缺憾的就是在超市「周二
百圓大特價」中登場的…
百圓特價日
一人份
蔥花鮪魚100圓
蔥花鮪魚百圓
小包裝!!
經常買這回來做成一飯
碗的蔥花鮪魚丼飯…
嗚… 好好吃 喔♡
好幸福喔
一點點
滿足我想吃
生魚片的欲望。
有時也會買一條百圓
的生食用特價墨魚
回家自己弄…。
嘿嘿嘿 墨魚 生魚片♡
從來沒做過
滑溜
滑溜
一個人住，
樣樣自己來!!

然後用平底鍋
煎熟…
嘿
嘿
調味調得像牛排醬
那樣，甜甜鹹鹹的!!
味醂
砂糖
油
加了大蒜
原本以為吃起來
會有點像肉…
嗚
沒想到吃起來像橡皮
一樣，真是難吃極了。
我最喜歡的食物
是生魚片…
鮮魚區
980圓
生魚片總匯
1280圓
780圓
鮪魚…
嗚嗚…
好貴喔
買不起

其實我也很喜歡吃……

吻仔魚

吻仔魚
靜岡出產
298圓

就這麼吃也好吃……

啊——♡

嘿嘿嘿……
補充鈣質♪

可是我更喜歡把這3種組合起來。

吻仔魚
梅干
綠紫蘇

梅干則是回鄉省親時，一次拿很多回來。
這個給我喔～
高興
欣喜
海苔
也經常拿走海苔
嗯～
紫蘇就自己種在陽台…
不容易得病，很好照料
快快長大喔～
茶壺
過了紫蘇的栽培季節，就在超市買
但是，我有時候也會不小心把喜歡的吻仔魚
放到過期…
吻仔魚
保存期限
2006.5.23
258圓
啊
已經過了4天…

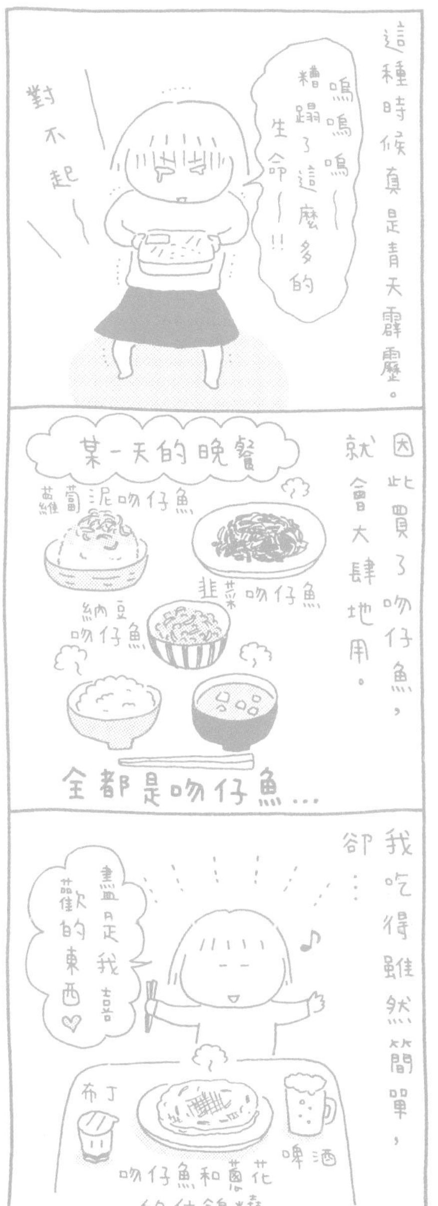
這種時候真是青天霹靂。
嗚嗚嗚～
糟蹋了這麼多的生命～!!
對不起
因此買了吻仔魚，就會大肆地用。
某一天的晚餐
蘿蔔泥吻仔魚
韭菜吻仔魚
納豆吻仔魚
全都是吻仔魚…
我吃得雖然簡單，卻…
盡是我喜歡的東西♡
布丁
啤酒
吻仔魚和蔥花的什錦燒

想擁有可愛的鍋子

剛開始一個人住時，
好想要一個可愛的牛奶鍋喔～早餐的時候拿來熱牛奶～♡
MILK
心想…
琺瑯的…

可是看上眼的都價格不菲…
嗯…這個好像很不錯～
牛奶鍋 2500圓
好可愛喔～

當時生活捉襟見肘的我，先在百圓商店買了一個小鍋子
100圓
暫時就先用這個，以後再買新的吧!!
琳瑯滿目

話雖這麼說，但這鍋子已經用了8年…
哼哼♪
正在做奶茶
TEA
MILK

而且這鍋子很適合一個人的生活，因此除了熱牛奶之外，還多方運用…
1人份的味噌湯
燙1人份的青花菜
還可勉強用來煮泡麵

嗯～今天就用這個牛奶鍋來煮蛋…
我始終都叫它「牛奶鍋」…

一望鍋子也是漆黑一片……

變成這樣已經不能用了吧……
終於要跟這鍋子告別了……
焦黑
焦黑

可是，刷了刷之後，又變得滿亮了，所以又繼續用……
還真耐用……
100圓的東西不能小看
嗯~
MILK

隨興的味噌湯

以日式飲食為主的我

哼哼～♪

也經常自己在家做味噌湯。

一個人住卻備有各種味噌。

白味噌

紅味噌

綜合味噌

嗯～今天的心情應該是吃白味噌……

容易趨於單調的味噌湯，

若能隨心情換口味，

也不失樂趣…♡

今天是白味噌湯

開動

囉

有時也隨湯料選擇該用哪一種味噌。

蜆仔要用白味噌，可是蛤仔要用紅味噌!!

豬肉味噌湯要用紅味噌!!

南瓜和薯類、芋頭類要用綜合味噌!!

莫名其妙的規矩……

夏天味噌湯容易腐壞，所以都是少量地做，

冬天就一次多做些。

預先做好的

嗚嗚…今天好冷喔～

冷

晚餐要吃甚麼呢～

這種時候……

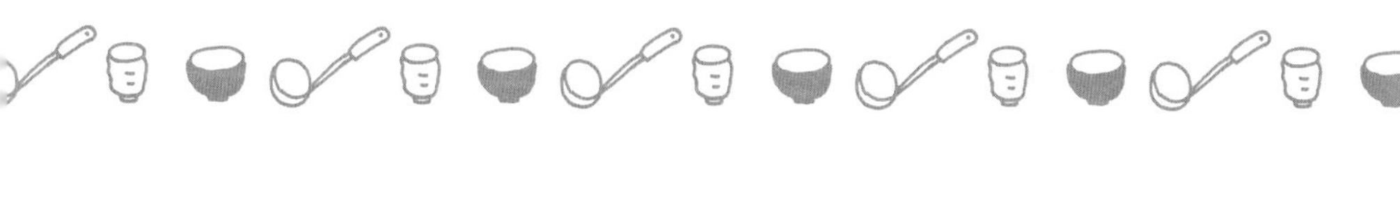

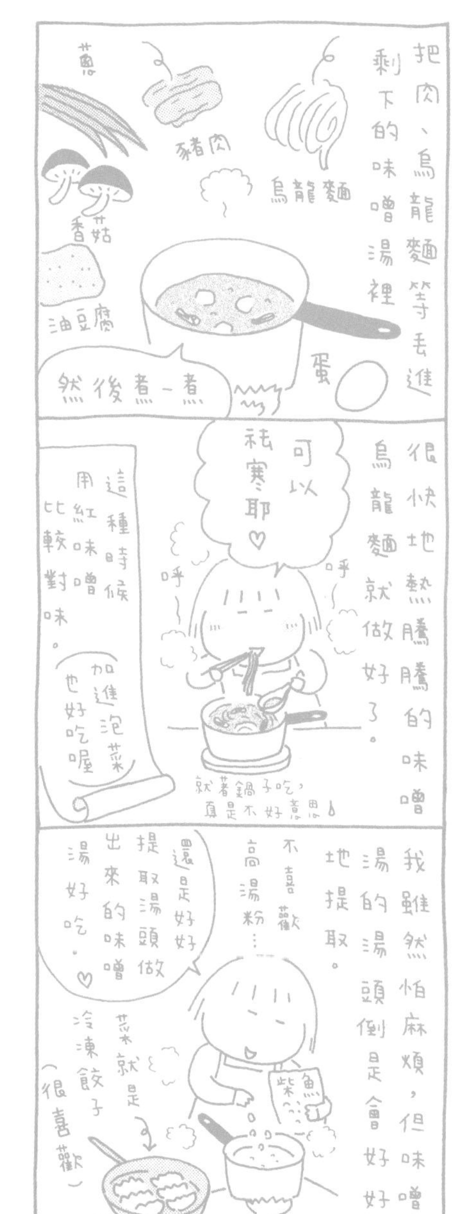

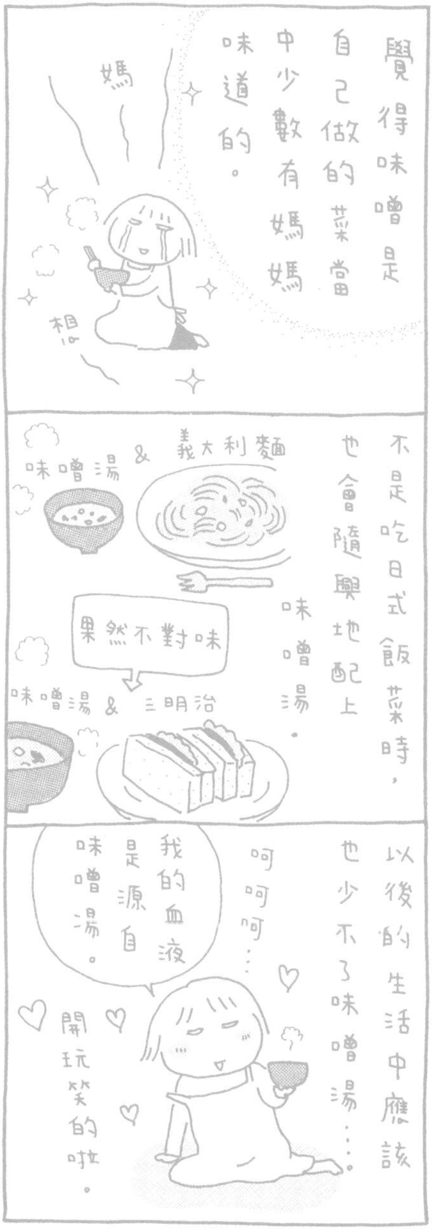

覺得味噌是自己做的菜當中少數有媽媽味道的。

媽

想

不是吃日式飯菜時，也會隨興地配上味噌湯。

味噌湯 & 義大利麵

果然不對味

味噌湯 & 三明治

以後的生活中應該也少不了味噌湯……

我的血液是源自味噌湯。

呵呵呵……

開玩笑的啦。

我的創作料理

前幾天晚上，突然……

好想喝熱熱的湯喔……

咕

心血來潮

喜歡喝湯

但冰箱裡只有些許蔬菜……

甚麼肉也沒有～

味噌

超市也已經關門了……

空～

於是先用鍋子燒點開水……

把冰箱裡的蔬菜隨便切一切放進去煮……

切

切

↑高麗菜、番茄等

只用鹽巴調味，不料……

嗚……好難喝喔!!

毫無甘醇滋味的鹹蔬菜湯

於是磨了少許大蒜和薑加進去，希望味道能變得濃醇些……

不知道會變怎樣?

這天真的沒有其他食材……

湯的味道變得更加奇怪……。

噁

藥膳味鹹蔬菜湯

把家裡有的香辛料亂加一氣，以期改變味道……

胡椒、胡荽、茴香、番椒等

咻 咻

不料味道越變越奇怪……。

!!

離奇詭異的鹹蔬菜湯

窮途末路之下，再次打開冰箱一看……

發現以前用剩的一點白醬塊。

白醬塊

奶油

嘻？

先放2塊進去煮……

忐忑不安

不知道會變成甚麼味道……

原本毫無甘醇滋味的湯就這樣被完美地調和起來……

哇喔!?

好好喝耶!!

出乎意外地變成一道美味的濃湯。

那以後，我就愛上這種湯，偶爾也會下廚做做。

呼嚕～

命名

大廚隨興料理之作
無國籍風味♡
香滑蔬菜濃湯

咕嚕嚕

一個人的每一天。
回憶寫真館
～吃飯日記 PART2～

很喜歡吃番茄，♡
夏天會一次買很多!!

買了別致一點的麵包時的早餐♡

good morning!!

把燙過的國王菜切碎撒在涼拌豆腐上。

有時會小闊一下，買喜歡吃的醃鮭魚子。♡

加了泡菜

健康美味的韓國拌飯!!

不想吃很多的時候…

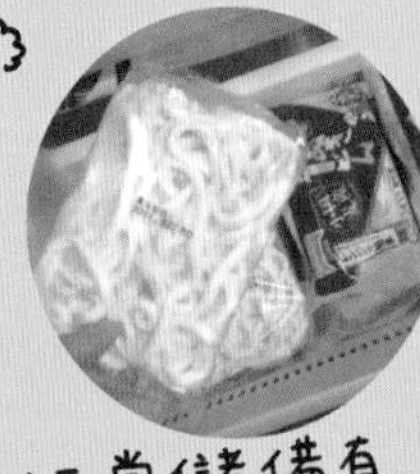

經常儲備有冷凍烏龍麵!!

有點豐盛
又有點寒酸⋯

有可喜的事時的一個人的一餐

夏天還是少不了素麵!!

會把檸檬汁
加在各種食物上

呼

很累的時候,
就買便利商店的便當配啤酒⋯

我覺得
蛤仔還是
得用紅味
才對味⋯

梅干、吻仔魚、
綠紫蘇什錦拌飯

我的最愛!!

在附近的蔬果
買的自製梅干,
每個都很大!

一個人住的歡欣雜記
PART 2
吃飯篇
最近可以在家裡連吃2餐時，有時會把另一餐的分做成飯盒。
早上
哼哼
♪
滋
分成2份
中午
開動囉
這樣就可以節省分開做2餐的時間…
吃的時候心情也更愉快。
儘管菜幾乎都一樣…
我的最愛
LEMON
我很喜歡吃檸檬，很多菜餚上都會加檸檬汁。♡
裡面也會放番茄、生菜等
鹽拉麵…
烤魚…
油炸物
辣味之類的麵
義大利麵…
以前也用市面上賣的那種調味檸檬汁，但還是用現擠檸檬汁美味♡
而且，廚房放幾顆檸檬感覺也很可愛♡
學電視周刊上的封面女郎
現在家裡經常備有檸檬
用剩的檸檬就擺盤子上，放進冰箱保存
把切口朝下
就不會乾掉喔
檸檬皮還可以拿來泡澡♪

柳橙的簡易切法
把上下各切掉一小部分
像削皮一樣切掉
一瓣瓣地切開
完成!!
簡易烹飪術
〈材料〉
white wine vinegar
白酒醋
anchovy
鯷魚
柳橙
生菜之類的綠色蔬菜
切碎
剝皮切開
加進白酒醋一起攪拌
※鯷魚放太多，會很鹹，請留意
盛到鋪有生菜的盤子上…
柳橙沙拉就完成了
柳橙光是那樣吃，我一次只能吃一點點…
味道爽口
可是做成這樣的沙拉，就可以吃很多。
我的最愛
AVOCADO
我也喜歡營養滿點有「森林的奶油」之稱的酪梨。
切片…
用麻油+蒜泥+鹽
真的嗎…
味道烤肉的!!
沾芥末醬油
味道鮪魚的!!
醃一醃…
酪梨
鹽
蒜末
檸檬汁
依個人喜好
切碎的胡荽
攪拌到接近泥狀
拿西班牙薄餅沾酪梨泥，再配上啤酒…
嘿嘿嘿~今天喝的是可樂那啤酒喔~♫
悠閒幸福的時光
完

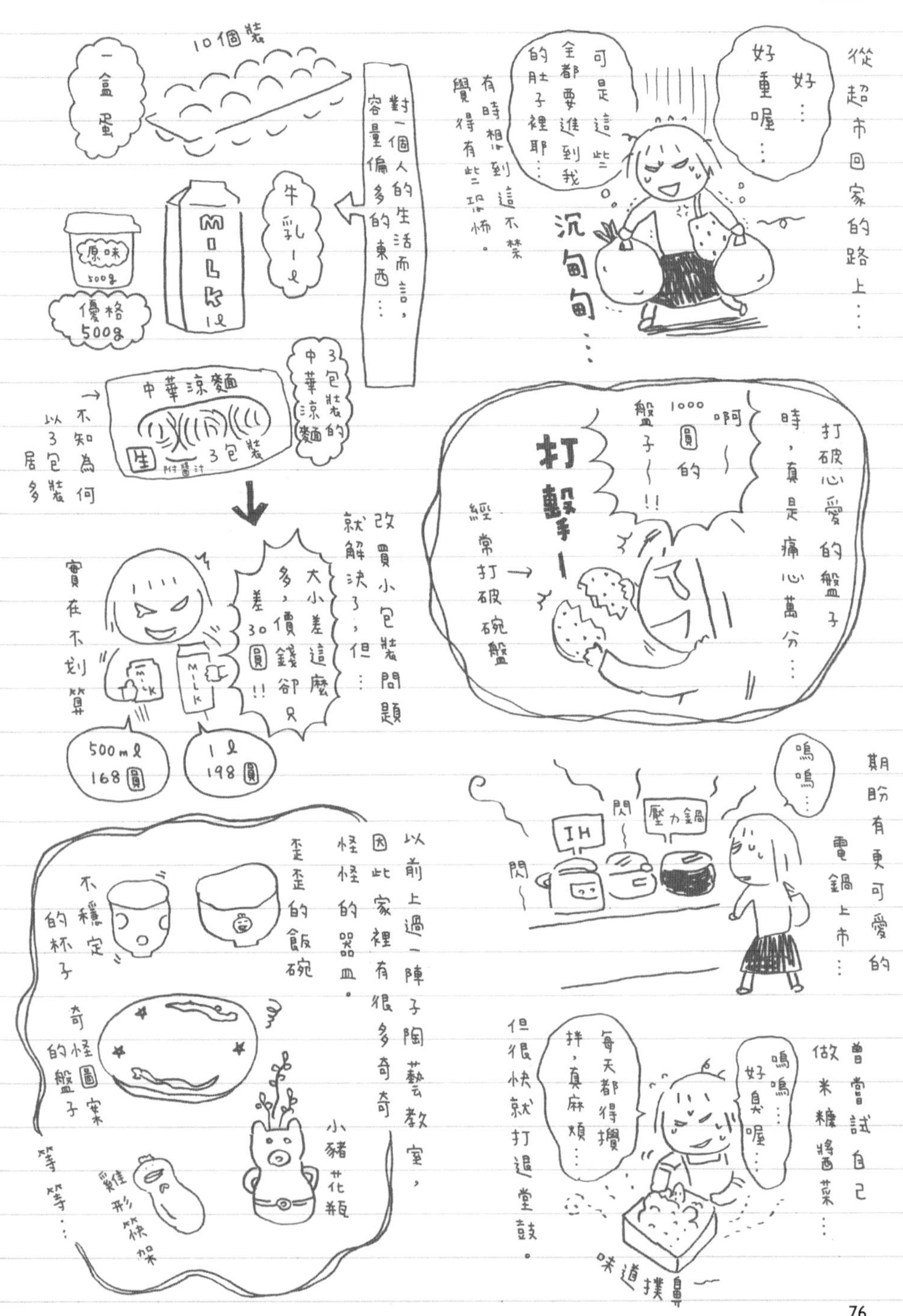

從超市回家的路上……
好……好重喔……
可是這些全都要進到我的肚子裡耶……
有時想到這不禁覺得有些恐怖。
沉甸甸……
對一個人的生活而言，容量偏多的東西…
一盒蛋
10個裝
牛乳1ℓ
MILK 1ℓ
原味 500g
優格500g
3包裝的中華涼麵
中華涼麵
生
3包裝
附醬汁
不知為何以3包裝居多
改買小包裝問題就解決了，但…
大小差這麼多，價錢卻只差30圓!!
實在不划算
500mℓ 168圓
1ℓ 198圓
打破心愛的盤子時，真是痛心萬分…
啊～1000圓的盤子～!!
打擊!
經常打破碗盤
期盼有更可愛的電鍋上市…
嗚嗚…
閃
IH
閃
壓力鍋
以前上過一陣子陶藝教室，因此家裡有很多奇奇怪怪的器皿。
歪歪的飯碗
不穩定的杯子
奇怪圖案的盤子
小豬花瓶
雞形筷架
等等…
曾嘗試自己做米糠醬菜…
嗚嗚…好臭喔…
每天都得攪拌，真麻煩…
但很快就打退堂鼓。
味道撲鼻～

Naoko Takagi's
Hitorigurashi na Hibi

自我流居家裝潢。

上東京前，我曾在家鄉那裡的搬家公司打工過一陣子…
主要工作是打包和拆箱…
搬家公司
目睹過許多辛苦的搬運過程…
喂～穩住那邊!!
一、二、三～!!
嗚喔～
很大的木製衣櫃
不行!!從門搬不出去!!
嗚哦
只好改從陽台!!大家加油!!
搬家公司
再來!!
再來
唉呀
也因此我並不想擁有很多家具
剛開始一個人住時
空蕩～
家具只有自己做的床、小收納櫃和一張矮桌而已。
租房子期間盡可能東西少一點…
哈哈哈哈哈…
隨時可以自由來去!!
儘管這麼想…
滿～
但東西還是越來越多，很多生活上的小東西都沒地方收…
食譜
哎喲已經塞不進去了～

於是買了一個廉價出售的大櫃子，
想到時候就丟掉算了…
很大～
約180cm
不過又想既然買了就弄得可愛一點，
因此決定塗成自己喜歡的顏色，
然而…
家庭五金大賣場
油漆刷
油漆
嗚嗚…
油漆和刷子
也好貴喔…
在狹窄的屋內漆油漆
比想像的困難…
捨不得花錢，
買了一把小刷子，
害自己塗得
這麼辛苦…
啊啊
油漆滴到
地板上了!!
滴答
滴答
雜誌
哎呀～
油漆不夠!!
還得
再去買才行!!
空
大賣場有點遠…
也不知道重新上漆
是對或不對…
許多地方
都沒塗勻，
看起來
更像便宜貨
嗚嗚…
心愛的圍裙
也弄髒了
但還是繼續用到現在。
前後約有
6～7年
滿～
裡面已經塞滿了東西…

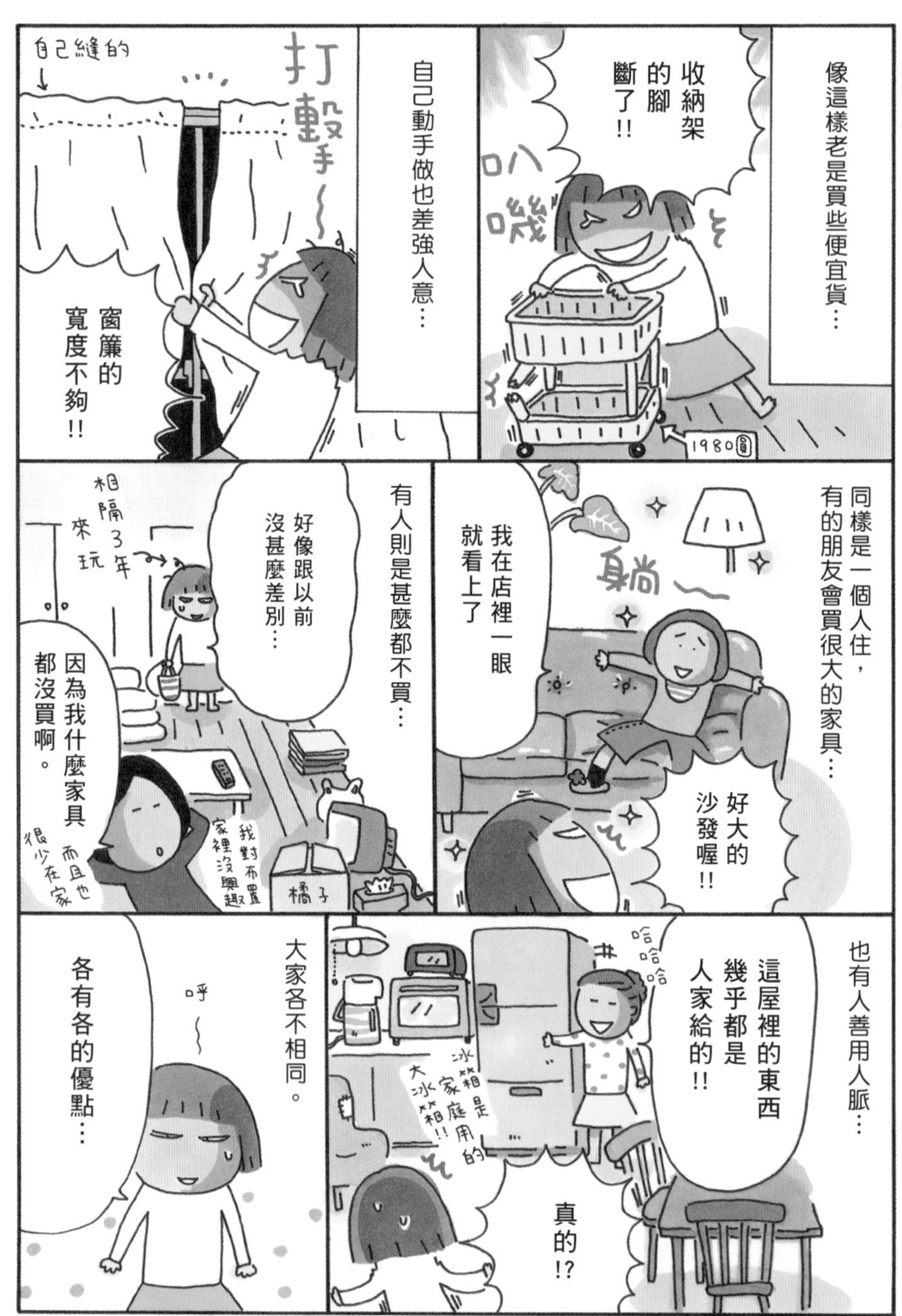
像這樣老是買些便宜貨…
收納架的腳斷了!!
叭嘰
1980圓
自己動手做也差強人意…
打擊~
窗簾的寬度不夠!!
自己縫的
同樣是一個人住，有的朋友會買很大的家具…
躺~
我在店裡一眼就看上了
好大的沙發喔!!
有人則是甚麼都不買…
好像跟以前沒甚麼差別…
相隔3年來玩
因為我什麼家具都沒買啊。
而且也很少在家
我對布置家裡沒興趣
橘子
也有人善用人脈…
這屋裡的東西幾乎都是人家給的!!
哈哈哈
冰箱是家庭用的大冰箱!!
真的!?
大家各不相同。
呼~
各有各的優點…

這樣的我卻毅然決然地
買了一個大家具。
那就是…
工作椅
看了好幾家店
桌子&椅子
嗯~…
應該重視外觀
買造型美麗的椅子…
書櫃
還是先買把
便宜的椅子再說…
不行!!
要以繪畫為業,
椅子是非常重要的
生財工具!!
這種地方不應該小氣!!
雖然貴一點也應該
買功能性強,
坐起來又舒適的
椅子!!
吼~
於是,下了重大決心!!
把買椅子當作是
一種自我投資!!
要用一輩子的東西!!
豁出去
買了 把好椅子…
鏘~
說得太誇張了
不愧是豁出鉅款買下的椅子,
舒適度滿點,無可挑剔。
好東西
用起來果然
不一樣♡
工作桌是
自己買木板
回來做的
轉
轉

可是我依然動腦
動手做一些小家具…
呵呵呵…
把這裝上去，
應該可以變成
一個陳列窗…
鏘～～
自己做的
朋友到家裡用餐
嘿～
菜沒地方
放了～
桌上都滿了!!
啊
從開始一個人住用到現在的矮桌
超市
那…
那就用這個
試試看吧
紙箱&餐巾
橘子
雖然生活上時有所缺，
也不怎麼美麗優雅…
啊哈哈
這個紙箱
剛好耶
請叫它茶几
哈哈哈
但想想這樣的生活
其實正適合現在的我。
橘子
超市

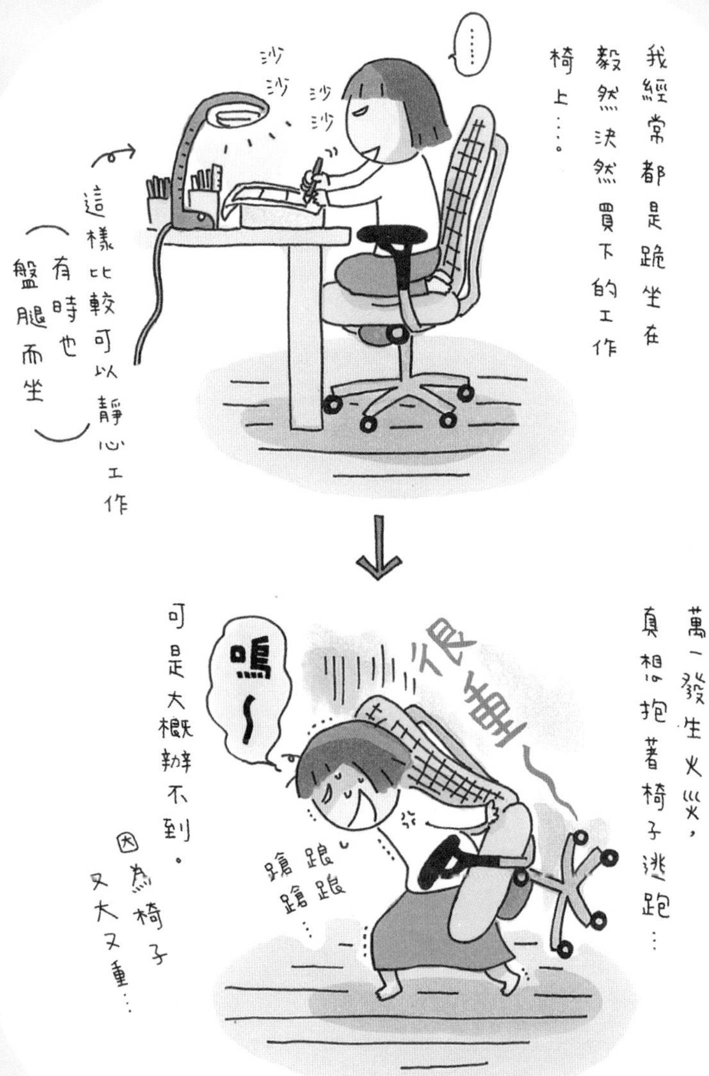

我經常都是跪坐在
毅然決然買下的工作
椅上……。
……
沙沙
沙沙
這樣比較可以靜心工作
（有時也
盤腿而坐）
萬一發生火災，
真想抱著椅子逃跑…
很重～
嗚～
可是大概辦不到。
因為椅子
又大又重…
踉踉
蹌蹌…

收納需要巧思與毅力

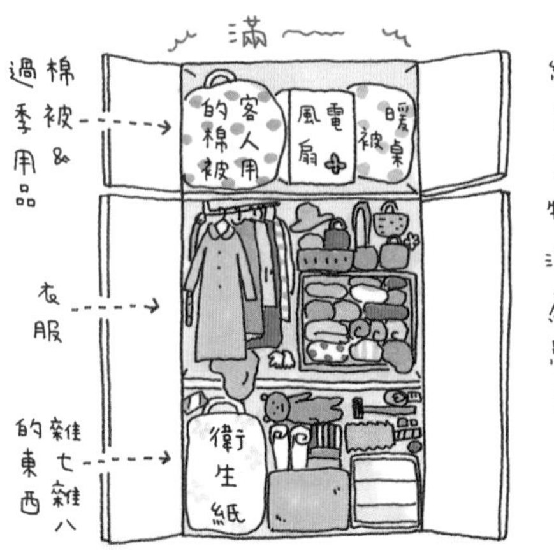

原先住的那個小套房有一個約3尺寬的儲物間，但裡面經常是物滿為患…

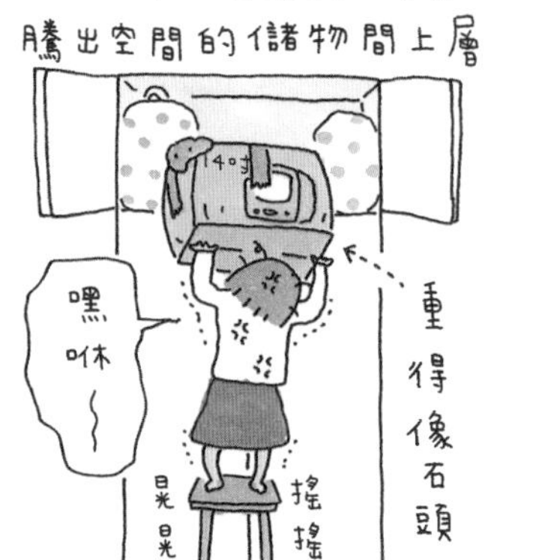

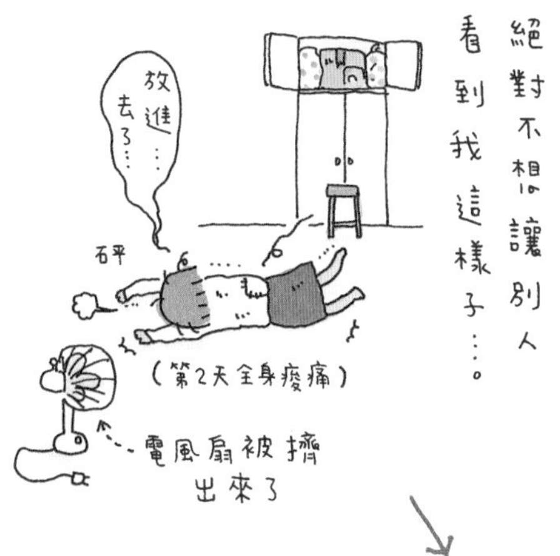

房子小又要考慮到收納，真是難上加難，不過只要有巧思和毅力，習慣之後其實也就可以愉快地持續下去。

渴望擁有沙發…

開始一個人住時…

好想要一張沙發喔~

有這樣的一個奢望。

然而房子真的很小，要實現這夢想，

…

可說是非常困難。

因此便想出一個很普通的辦法，用床單把棉被包起來…

鏘~

做成一個小型沙發!!

裡面是暖桌被

但是這個自製的沙發不論外觀、不論坐起來的感覺…

擠壓~

……

都僅是坐在棉被上…

心想有沒有更好的辦法，想著想著有一天…

人氣商品

可愛的正方體靠墊

2980圓

嘻?

在店裡發現這種東西。

喔，這個或許可以拿來代替沙發，不會像棉被那麼ㄘㄨㄛ!

靈機一動

…如此想的我連忙買了下來。

嘿咻 嘿咻

很費勁才拿回家

反正床就在一旁…
呼~
就把這當成沙發好了~
可以躺著看電視
很棒的沙發床…♡
不過最大的缺點還是很容易就這樣睡著了…
都沒關
呼嚕
呼
生活變得很懶散…。

然而坐起來也很不舒服。
這樣坐
太低，
腰很痛。
但這樣坐也不對勁
搖搖
晃晃
這樣坐著吃飯就更奇怪了…。
夾夾不到…
結果，這靠墊很快就被打入冷宮，流放到屋角。
很占位子
…

嚴冬的小套房生活

對非常怕冷的我而言，這是一個痛苦難捱的季節…

冬天…。

呼

哎喲今天也好冷喔～

特別是最先住的那個小套房是位於2樓的邊間…

西

洗衣機

陽台

一面大窗

冰箱

窗戶

南

玄關

衛浴

儲物間

好冷喔～

從縫隙鑽進來的風也冷颼颼

朋友住的小套房左右都有鄰居…

沒陽台，窗戶也只有一個

經常都是這樣～

悶

真的!?

聽說冬天也很暖和

住在家裡的時候，全家人一起窩在暖桌裡…
過去一點啦～
誰的腳好重喔～
雖然很擠…
幫我拿個橘子～
母
姊
我
弟
父
狗
可是那也很暖和…
昏昏欲睡
儘管這麼想…
卻也很享受一個人獨占暖桌的生活。
呼嚕～
不是跟妳說過那樣睡著會感冒的～

嘰嘰～
唰～
哎喲～
冷死我了!!
砰
洗好了要晾…
嗶嗶嗶～
♪（洗好的聲音）
這又是一件苦差事……
我在叫了…
嗚
但只要躲進暖桌裡…
就暖呼呼～♡
年糕片
呼～
烏龜？

家裡的新用品

季節更迭，難免想為家裡增添新風貌。

暖洋洋

暖洋洋

我也想添購點東西，因此前來購物。

廚房用品區

啊，對了！

我需要一個大一點的鍋子…

煮義大利麵時可以用…

選簡單實用的最妥當？

碎碎念

這個鍋子很可愛，可是好貴喔～

還是毅然決然地買一個可以用一輩子的好鍋呢…

3980

12800

我看還是回家好好考慮考慮…

現在買也太重了…

……

這個人…嘴上雖然這麼說，可是已經3年了，大鍋子還沒買成…。

窗簾區

換個新窗簾屋裡的感覺應該會煥然一新吧…

嗯～

窗簾也很貴耶…

寢具用品區

不然來換個被套吧…

啊…可是這個也很貴…

靠墊區
還是換靠墊的套子好了…
啊…這個也不便宜～
嗯嗯～～
洗手間用品區
至少把馬桶座墊套換個有春天氣息的…
粉紅色或是黃色…
看的東西越來越小…。
U型
O型
之後又四處看了各式各樣的東西…
照明區
有個典雅的美術燈一定很棒～♡

這種女孩子偏愛的東西也很不錯耶～♡
好想把屋裡弄得很可愛喔～～♡
室內拖鞋
精油壺
結果這天只買了這個。
浴巾
1500圓
※我是很節省的…。
但家裡添了新東西…
哇喔～還是新的毛巾用起來舒服!!
啊哈哈～♫
還是滿高興的
唰
唰

期盼已久的有床生活

一個人住第6年時，我終於買了一張床。

哇~哇~

床耶~♡

趁搬新家之際買的

以前住的房子又小又窄，床放不下，其實我是睡在衣物整理櫃上。

整理櫃上
放一塊保麗龍板
然後鋪上棉被

睡起來當然很不舒服…

期盼已久的床，睡起來真是舒服極了

啊~♡

這種不軟不硬的感覺…

滾

滾

睡了以後也不會這裡痠那裡痛，太棒了~♡

這才是睡覺的用具啊!!

…理所當然的，還用說…。

而鋪在這張新床上的，正是這條舊毛毯…。

咻~

從國中一直愛用到現在…

上東京時千里迢迢地帶過來。

這是妳的毛毯

哇~

國中時的我

有一天媽媽買給我的

至於我有多愛這條毛毯呢……
希望你永遠陪伴我
緊抱
說它是我身體的一部分也不為過。
這樣一條毛毯和新床的組合更是絕配……。
哇喔～♡
※我人在這裡面
滾
滾
現在我除了睡覺時間，也經常窩在床上。
哼哼♫
在獨自一人的屋裡……
度過屬於自己的時光……
叫賣豆腐的聲音→
ㄆㄚ～ ㄆㄨ～
這對我而言，或許是世界上……
呆
最自在的樂園……。
邊想邊進入甜蜜夢鄉……
呼
一臉幸福的我。

生活稍微升級

一個人住第8年時搬到現在的住處，這裡的優點是

有獨立的洗臉台

對於這點我很滿意。

浴室

哼～～哼♪

以前的洗臉台是這樣的……

似乎是勉強加裝在浴缸旁邊的。

用的時候腳一定會弄濕

高興之餘，天天勤奮地刷洗。

啦啦♫

吱吱

彷彿擦拭愛車的人心情？

啦啦♪

另一個令我得意的東西就是最近買的沙發!!

鏘～～

雙人沙發

躺在沙發上看電視乃是我長久以來的夢想。

躺～

哇哈哈…

home

TV

但前些時候終於買了一台
吸塵器。
哇喔
嘰
無線式
感想是吸塵器
果然方便。

以前住家裡時，東西
樣樣俱全…
一切都視為理所當然…

現在一個人住，這種生活上的
小變化反倒讓我喜不自禁。
吸塵器真的
很方便耶
按鈕一按，
就把垃圾吸得
一乾二淨
這我早
就知道…
甚麼？
朋友

首次公開！現在的住處

（注）不是透天厝…

Living and Working space

冬天的模樣

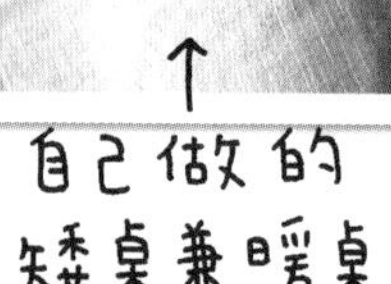

自己做的矮桌兼暖桌

中國的出版社送我的畫

自己漆成白色的櫃子

吃吃點點心心

回憶很多的擺飾

經常陪伴在我身邊的寶貝…

夏天的模樣

一個人的每一天。回憶寫真館

轟轟隆隆……

← 從窗戶可以望見鐵路

我回來了♡

喀嚓

洗衣機上面變成調理台…

儲備的檸檬

kitchen

廚房裡擺一些可愛的東西，做起菜來更愉快喔

平常都是在這裡工作

偶爾會現身的壁虎♡

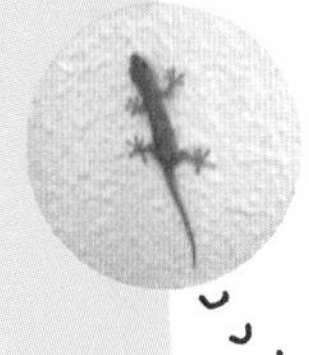

微波爐還是放在冰箱上面!!

怪異的微波爐樂音

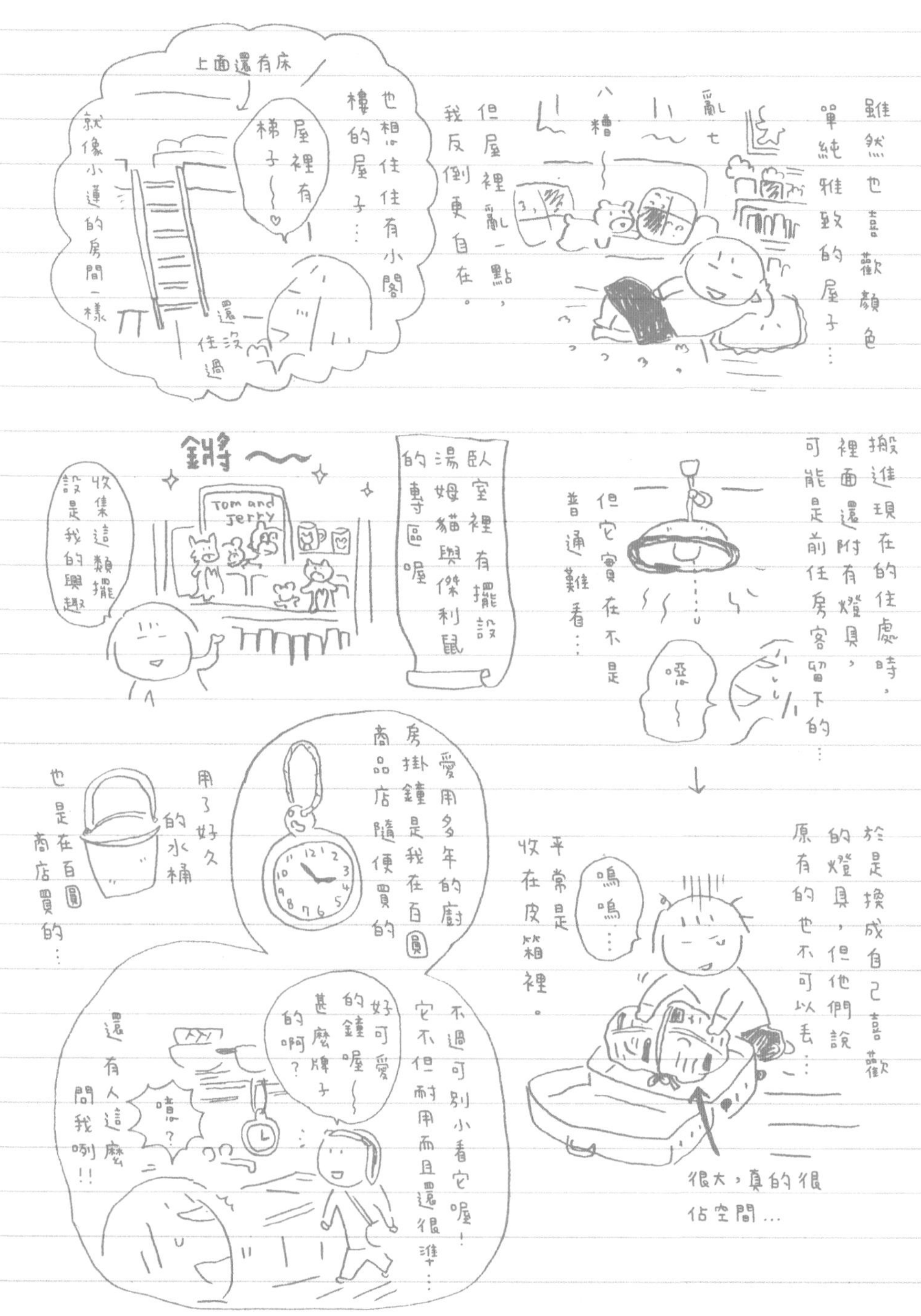

雖然也喜歡顏色
單純雅致的屋子…
亂七八糟~
但屋裡亂一點，
我反倒更自在。
也想住住有小閣樓的屋子…
屋裡有梯子~♡
上面還有床
就像小蓮的房間一樣
還沒住過
搬進現在的住處時，
裡面還附有燈具，
可能是前任房客留下的…
但它實在不是
普通難看…
噁~
臥室裡有擺設
湯姆貓與傑利鼠
的專區喔
鏘~~
Tom and Jerry
收集這類擺
設是我的興趣
於是換成自己喜歡
的燈具，但他們說
原有的也不可以丟…
平常是
收在皮箱裡。
嗚嗚…
很大，真的很
佔空間…
愛用多年的廚
房掛鐘是我在百圓
商品店隨便買的
用了好久
的水桶
也是在百圓
商店買的…
不過可別小看它喔！
它不但耐用而且還很準…
好可愛的鐘喔~
甚麼牌子的啊？
嘻?
還有人這麼問我咧!!

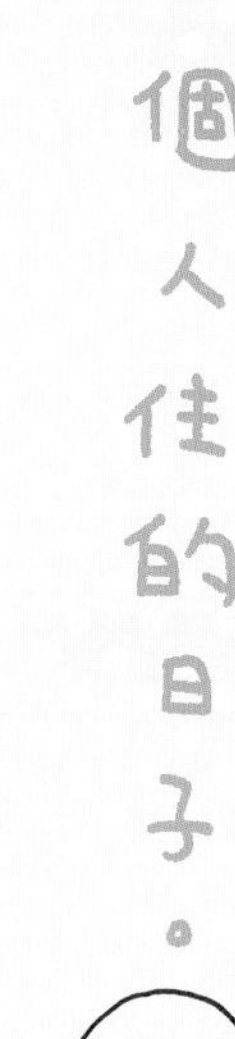
一個人住的日子。

噠
噠
噠

一個人過年…
…其實，我都是回家過年。
好大喔～
真的
真的耶～
新年笑語
哇哈哈
每年過年都在睡覺中度過…
晚上想吃甚麼？要不要去JUSCO買東西？
嗯…
過年時，爸爸也變得比較慷慨，一起去買東西時就隨我們搬…
買很多生魚片回去做手卷吧
說得也是
（說得也是）
你們看，螃蟹也很便宜耶～♡
新春SALE
啤酒買整箱比較好吧？
說得也是
順便買些零食和冰淇淋～♡
嘿嘿嘿…
BEER
JUSCO
哇哈哈
每天盡情地大吃大喝♡

年假結束回到東京…
轟隆～
天啊～胖了2公斤耶!!
很重～
像這樣每年過年鐵定會變胖…
回到東京後，飲食生活有了180度的大轉變…
老家的冰箱裡東西那麼多…
我的冰箱裡甚麼都沒有～
空～
嗯…今天的生魚片好貴喔…
鮮魚區
盯～
還是算了吧…
啊～昨天還是一家人團圓在一起
孤零零…
一個人吃鍋燒烏龍麵
嗚嗚…好想念留在家裡的布丁和冰淇淋喔～
咕～
嗚
每天過著這種飲食生活，不久…
就恢復原來的體重。
呼…
太好了♡

到了春天——
我上東京時
正好是櫻花的季節，
這是
來東京以後
看到的第幾次
櫻花呀⋯？
因此每年都會想⋯
街上偶爾也可以看見似乎是
這春天開始一個人住的
人們⋯
搬家
公司
東張
西望
東京
MAP
衣物
整理櫃
加入一個人住
一族的朋友們
加油!!
入學典禮
裝出一副前輩的樣子⋯
自己也受影響想來新購個東西⋯
茶壺該換
新的了♡
茶壺
每逢這時期，也會想在陽台上
增添些新的綠意。
嘿嘿嘿
買了九重葛
的盆栽

到了夏天——
嘰～
嘰～
其實我是很喜歡夏天的…
不喜歡吹冷氣
嗚嗚…全身乏力…
嘰～
嘰～
嘰～
嗡～
但不知為何每年都會出現一次苦夏症狀
啊～除了西瓜甚麼都不想吃
RRR
唰
唰
啊電話
喂～直子嗎？
媽啊
一到這時期，家裡經常會打電話過來…
盂蘭盆節妳打算怎麼辦？要不要回來啊？
啊…嗯新幹線人也很多…
經常被如此問，但我盂蘭盆節幾乎都沒回去。
盂蘭盆節女兒不回去，父母大概很失望吧…
直子連盂蘭盆節也不回來
喀嚓
對不起…

更重要的是應該去掃墓祭拜祖先，而我卻⋯⋯
嘰～
嘰～
一方面也出於這種罪惡感，於是前往附近的神社⋯
豔陽
高照
哎喲～好熱喔!!
儘管覺得似乎沒甚麼意義⋯
列⋯列祖列宗⋯
請好好安息⋯
祭拜祖先
啪
啪
香錢
啊 快舉行盂蘭盆節舞大會了!!
盂蘭盆節舞大會
8月9日、10日
苦夏的症狀也得以痊癒，盡情享受最愛的夏天⋯
嗶～唏啦
啊 在東京聽東京音頭別有韻味♡
唧
唧
棉花糖
好耶
嘿嘿
耶～吃夏季蔬菜配啤酒，真過癮!!♡
苦瓜炒豆腐
BEER
毛豆
番茄
一個人住的夏天也就這樣畫上休止符——

秋天——
白天越來越短⋯
嘎～
嘎～
烤地瓜喔～
呼～
太陽西下的時間越來越早了
天氣一天天地轉涼⋯
然而，我這時已經開始惴惴不安了。
嗚嗚冬天就快到了!!
呼～
原因是我非常非常怕冷!!
因此從秋天就努力準備過冬
靠墊的套子要來換成毛茸茸的
勤奮
努力
還要鋪上地毯
唰
哎喲～
毛毯也要拿出來
OK暖桌也準備好了!!
煤油暖爐也要先拿出來⋯
嘿咻
嘿咻
嗚嗚⋯晚上已經越來越冷了⋯
明天也要把電毯拿出來⋯
季節交替，冬天又來臨了。

冬天…是讓人深感
一個人住的寂寞的季節…
喔～
好冷喔!!
呼～
啊～…
就算回到家，
屋裡也是
冷冰冰的…
好想回到
一個溫暖
的家…
也是一個令人想念
家人朋友的季節…
加上又是聖誕時節…
便利商店
merry Xmas
聖誕節蛋糕
請提早預約
喔
一個人住，
聖誕節又沒活動，
實在有點傷心…
我都忘了…
聖誕節
快到了…
某一個沒有任何約會的
聖誕節——
唉～
今天是聖誕前夕，
但我除了打工
就沒別的事了。
聖誕節前夕～
辛苦～
我也是啊，
只有回家和家人
一起吃吃蛋糕而已
一起打工的朋友
那就很好了啊
還可以跟家人
一起吃蛋糕
很幸福啊～

一個人住，又沒甚麼約會，真的是孤零零的…
聖誕節蛋糕
熱熱
鬧鬧
熱鬧♪
聖誕節蛋糕…
可是我就一個人，買也沒甚麼意義…
哼…哼管他甚麼聖誕節我又不是基督教徒!!
哈哈哈
喀嚓
乖乖待在家裡跟平常一樣過日子就好了!!
來邊看電視邊吃飯…
按
炒烏龍麵
BEER
聖誕節快樂
送我的嗎!?
哼~電視節目也是聖誕節特別節目
今天就別看電視，來寫賀年卡吧…
人聲吵雜
噫？
嗚嗚…對面的房客找好多朋友來開聖誕派對
哇哈哈
吵雜
人聲
看來好有趣~
我至少應該買個烤雞回來才是…
無聊地點蠟燭泡長澡
嘩啦~…

嗚～
這種日子
還是早點
睡覺為妙!!
只是晾
著而已
人聲
吵雜
負氣入睡!!
然而過了一夜…
第2天又是一片濃濃的
聖誕節氣氛…
熱熱
聖誕快樂
蛋糕
今天是
聖誕節喔～
熱鬧
鬧鬧
嗚嗚…
今天是星期六
而且不用去
打工…
聖誕節終於過去，
我也不由得鬆一口氣!!
12月
26日
25日
24日
哇喔～
聖誕節
過去了～
外面的世界和我
也緊接著進入年底氣氛中…
唉～
大掃除
還沒做完!!
儘管一個人住，
還是很髒～
已經進入
返鄉
熱潮…
RRR
噫？
爸啊
今年也是
返鄉過年…
嗯
我搭明天晚上
的新幹線回去
202
明年見囉!!
過完年會再回到這裡
砰…

以前的小套房門口
一個人的每一天。回憶寫真館
~喜歡種植綠色植物~
成長茂盛的羅勒
日益成長
嗯…長得有些孱弱的常春藤
約30cm
水耕栽培大蒜
些許綠意，便得以紓壓
蒜苗當然是摘下來吃♡
快快長大喔~~
水耕栽培，照顧起來很輕鬆喔♪
精油壺
請稱這裡為紓壓區
以前的小套房的窗邊

既快樂又寂寞的星期天

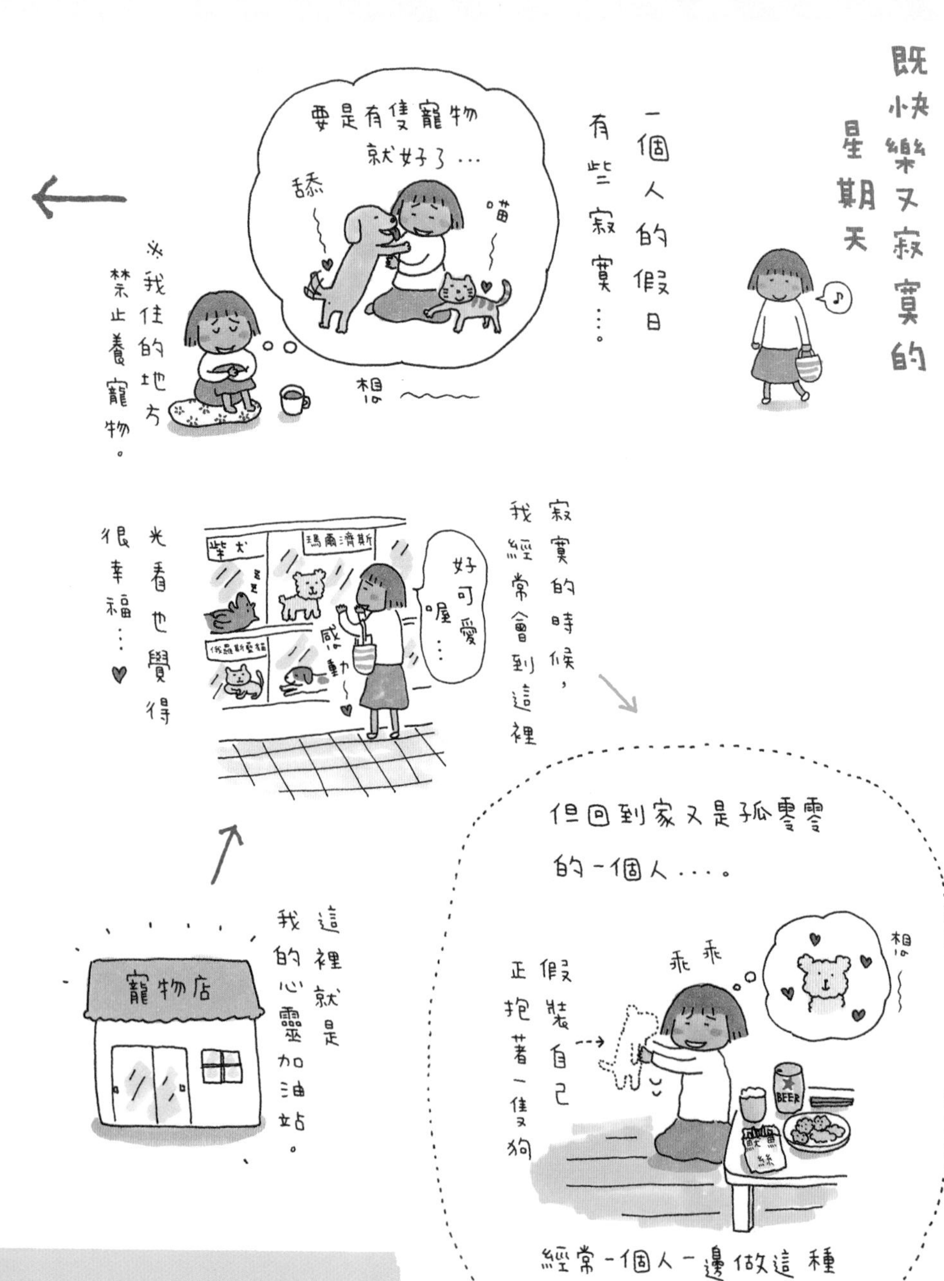

一個人的假日
有些寂寞……。
要是有隻寵物
就好了…
舔
喵
想
※我住的地方
禁止養寵物。
寂寞的時候，
我經常會到這裡
柴犬
瑪爾濟斯
俄羅斯藍貓
好可愛喔……
感動
光看也覺得
很幸福……
寵物店
這裡就是
我的心靈加油站。
但回到家又是孤零零
的一個人……。
正假裝自己
抱著一隻狗
乖乖
想
BEER
魷魚絲
經常一個人一邊做這種
怪事，一邊喝啤酒……。

反正沒事做，去散散步吧
嘻？
啊~貓耶
來來來
喵~ 喵~
學貓叫
哼
打擊——
哼~真無情…
啊
鴿子
咕咕咕
呸
啪啪
嗚~
都沒有人要理我

冬天常有的光景

啊
便利商店
老舊的空調
轟隆…
我住的公寓風會由很多縫隙灌進來，一到冬天就冷得不得了……。
嗚嗚嗚…暖氣一點都不管用…
在家也圍圍巾
冷空氣
來烤個火吧…
好暖和喔~
火焰熊熊
嗚嗚嗚…腳也好冷喔~
呼~
呼~
吹風機(熱)
唉呀~跳電了!!
喀嚓
呼
這種寒冷的夜晚，泡熱水澡最好了。
哆嗦
哆嗦
嘰嘰
嘩啦啦…

儘管浴室很窄，
旁邊又是馬桶，泡澡
依然是很幸福的!!
呼〜〜〜
暖呼呼〜
老家那裡冬天是用煤油暖爐，
爸爸經常在上面烤魷魚，
煤油味夾雜著烤魷魚的香味…
哼哼
劈哩啪啦
咻咻
啤酒
給我一點吧
我也搶著分享
冬夜裡不禁懷念起老家
冬天的那種味道。
對了，最近都沒吃魷魚乾〜
暖呼呼
下次買回來吃好了
我住的公寓
禁止使用煤油暖爐。

一個人住回故鄉

東京車站擠滿了返鄉人潮。

可是我有時
還滿喜歡年底
這種氣氛的。
吵雜人聲
……
有時也覺得給
家人買伴手禮
有點不好意思…
呵呵…
買這個
好了…
看到那種新新人類
的年輕人在買禮物，
會不由得感動起來…。
你也要回鄉去，
是吧…
謝謝光臨
東京
芭娜娜
每年過年固定和家人在家裡一面看
紅白歌唱大賽，一面吃蕎麥麵…
呼嚕
今年紅隊
的壓軸歌手
是…
電視
但有時也會突然想，像這樣
過年還能持續幾回呢…

各自的春天

生活中沒有新的變化，我一如往年迎接春天的來臨……

哼哼哼哼♪

超市

噫？樓下的人甚麼時候搬走了!?

空蕩～～

之前住了一個女生

超市

是搬到更好的地方去了……

還是回故鄉去了……

儘管沒甚麼來往還是不免覺得寂寞…。

呼～

……

超市

偶然一看，對面一直空著的小套房，似乎有人搬進來了。

吵雜人聲

喔

小套房

大概是媽媽

年輕男子

MOVE

MOVE

MOVE

很可能是春天來東京
上大學的兒子和…
擔心兒子特地前來
幫忙的母親…
不知道是從
哪裡來的
偷偷地
大概是在叮嚀
兒子要好好吃飯
之類的吧
到了晚上…
唰
唰
心裡依舊有些惦念，
於是又往對面一看…

一個人的隨興之旅
決定一個人出去旅行
2號月台列車即將進站
有時會想一個人獨處…
其實平常也是一個人住。
轟隆…
轟隆…
嘿嘿嘿先去哪裡好呢～
一個人出去旅行一切都很自由隨興…。
轟隆…
旅遊手冊
轟隆…
平常是一個人住…
…
甜甜
蜜蜜
情侶
所以（照理說）也很習慣獨處
哈
哈
一家人
但出去旅行每到用餐時間還是很傷腦筋。
管他的!!
食堂
嘎啦
還是有點不安。
但一旦鼓起勇氣走進去…
哇喔～好好吃喔～
我果然有大人的風範♫
會發現其實根本沒甚麼好怕的
還點了啤酒
豆腐皮套餐

買個東西……
好可愛的小花瓶……
回去作紀念。

一群人嘻嘻哈哈地去旅行當然有趣……
嘿看這裡～
哇哈哈

不過擁有完全屬於自己的回憶……
嘿嘿嘿嘿……
也是別有一番情趣。

陽台小菜園…

我家的陽台陽光充足，於是心想……

對了!!
來弄個家庭菜園吧!!

連忙買回花盆等

撒上綠紫蘇的種子。

嘩啦
嘩啦

啦啦♪

然而左等右等也不見發芽……。

嗯

哪裡不對呢……

毫無動靜

結果是買幼苗回來種。

唉呀呀…

早知道一開始這麼做就好了……

儘管開頭有些波折，之後卻成長得頗為順利。

日益成長

長大的葉子不斷地上了餐桌。

嘿嘿嘿
今天吃素麵!!♡

摘
摘

嘿咻
來收成

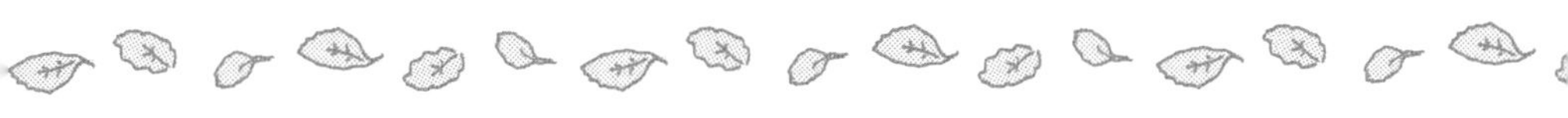

有時吃得太兇了……

會變成這樣子……

但只要一陣子不去動它，又會長成原來的茂盛模樣，

教人佩服它強韌的生命力。

喔喔～～

鏘

然而，一到某個時期，不論怎麼施肥

也長不出葉子。

病懨懨的耶

?

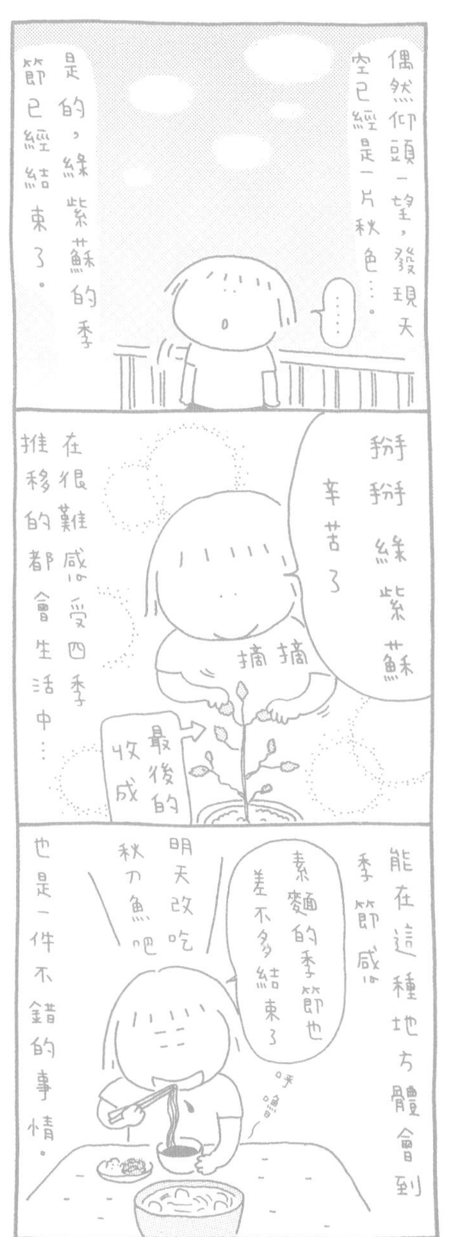

那個懷念的街區

開始一個人住已經過了好幾年……
中間搬過2次家。
現在的住處是第3個～♡
嘿嘿嘿

前幾天剛好有事到第1次一個人住的那地區去，
車站
吵雜
人聲
對了，去看看以前住的地方好了……

這是4年前搬家以來頭一次……。
以前都從車站走這條路回家
沒怎麼變嘛
哈哈哈～

甚至覺得比現在年輕、生活更簡樸的自己…會從以前住的那屋子的房門走出來…

202

去打工囉

生活總是捉襟見肘

現在那裡住的似乎是男房客。

飄飄

嗚…男人的內褲…

感覺很奇怪…

懷著既懷念又奇妙的心情在公寓周圍徘徊…

嘿嘿嘿

如果那房子有人格意識的話…

嘿 好久不見!!

怎麼樣？過得好嗎？

嘿嘿嘿…

或許會對我這麼說…

再見囉…

保重喔…

垃圾

雖然是租人家的房子，但像這樣有一處可以懷舊的地點…

啊哈哈~♡ 那家店我也常去光顧

鰻魚丼飯 500圓

鰻魚屋

500圓

嗅 嗅

感覺彷彿擁有一個珍貴的寶貝。

一個人的每一天。
回憶寫真館
~書中提到的東西~

事隔多時，再做做看，
竟然覺得還不難吃。
速食炒麵麵包

可是量太多了⋯

剩下的

經常採收自己種的綠紫蘇

經常備有
2~3種味噌
店秤重零買♡

在百圓商店買的
鍾愛的鍋子，
一直捨不得丟

重現當時在打工地方遭大家非議的便當!!

ゲフ⋯

現在可以說它
是 LOHAS 嗎？

要搬出來住時，
還是很傷心的。
搬家公司
父母似乎也
很傷心。
上東京以後
也很孤單……
不如意的事
也很多……很多……
打擊！
打擊！
BANK
但有許多自己
的時間……
默默工作
也才了解一個人
獨處的心情……
以及自己的種種……
嘿嘿嘿
一個人獨享鮭魚子♡
最近由衷覺得
一個人住真好……

結語

本書是集結「享受一個人住的生活」這本雜誌上的連載，
加上新畫作而成。
連載開始於 2004 年春季號，目前仍持續連載中。
本書並收錄了 2010 年夏季號中的畫作，
因此實際上是包含了6年以上的連載。

連載期間，我的生活也由一個人住小套房，
歷經和姊姊一起住的時期，到現在的一個人住2房。
日益習慣一個人的生活，隨著插畫工作漸趨穩定，
收入也轉趨穩定，可以逐漸添購想要的東西，
偶爾出外旅遊，生活漸漸產生變化。

早先的圖案和畫風或許和現在略有不同，
但那也是一種可愛之處，
因此收錄時還是維持原貌未加修改。

希望您能隨著歲月腳步，分享我的一個人住的生活。
今後我的一個人住的生活會如何變化尚不可知，
但我希望今後依然能珍惜小小的喜悅，
過著屬於自己的日子。
最後並由衷感謝各位讀者的閱讀。

高木直子

TITAN 080

一個人的每一天

高木直子◎圖文　洪俞君◎翻譯　陳欣慧◎手寫字

出版者：大田出版有限公司
台北市10445中山區中山北路二段26巷2號2樓
E-mail：titan@morningstar.com.tw　http：//www.titan3.com.tw
編輯部專線：（02）25621383　傳真：（02）25818761
【如果您對本書或本出版公司有任何意見，歡迎來電】
法律顧問：陳思成律師

填寫回函雙層贈禮 ❤
①立即購書優惠券
②抽獎小禮物

總編輯：莊培園
副總編輯：蔡鳳儀
行政編輯：楊雅涵／鄭鈺澐
校對：洪俞君／謝惠鈴
初版：二〇一二年（民101年）一月三十日　定價：250元
二十刷：二〇二二年（民111年）十二月二十九日

購書E-mail：service@morningstar.com.tw
網路書店：http://www.morningstar.com.tw（晨星網路書店）
TEL：04-23595819＃212　FAX：04-23595493
郵政劃撥：15060393（知己圖書股份有限公司）
印刷：上好印刷股份有限公司

國際書碼：978-986-179-236-1　CIP：861.67/100024509